KB239043

칭찬 받고 싶은 **남편**

사랑 받고 싶은 **아내**

ⓒ 마츠모토 유지, 2004
이 책의 한국어판 저작권은
일본 光言社와 저자 마츠모토 유지와의 직접 계약에 의해
미래북이 소유합니다. 한국 내에서 보호를 받는 저작물이므로
무단전재와 무단복제를 금합니다.

칭찬 받고 싶은 남편
사랑 받고 싶은 아내

마츠모토 유지 지음 | 박양원 옮김

미래북

머리말

전에는 '가정붕괴'라는 말이 먼 서구의 일이라고 생각했습니다만, 지금은 우리가 모두 너무나 잘 알고 있듯 바로 내 가정, 내 자신의 일이 되고 말았습니다. 특히 최근 10년 동안의 변화는 정말로 심각합니다.

'우리집만은 괜찮겠지' 하는 안일한 생각을 하고 있다면 당장 그 꿈에서 깨어나야 합니다. 이런 분들을 너무 많이 보아 왔고, 그래서 현실적으로 이런 문제를 어떻게 풀어야 할지, 우리 가정을 어떻게 행복하게 지켜야 할지 진지하게 생각해보지 않으면 안 될 정도로 우리는 외줄타기와 같은 현실에 직면해 있습니다.

최근 5년여 동안 주부들과 남성들을 대상으로 이런

우리 가정에 대해 수백 회의 강연을 해왔습니다. 많은 사람들을 만나면서 가장 근본적인 문제가 '부부관계'라는 것을 알게 되었고, 이 문제에 대한 가장 좋은 해결책은 부부가 함께 세미나에 참여해야 한다는 결론에 이르렀습니다. 그래서 2년여 전부터는 '커플세미나'를 열어 부부를 함께 참가하도록 하였습니다.

남성과 여성의 심리의 차이가 근본적으로 다르다고 판단, 남편과 아내의 말을 공평하게 끌어내어 '왜 부부가 험악해지는가, 어떻게 하면 정말로 좋은 부부가 될 것인가'를 함께 생각해 보는 등 저 나름대로 갖가지 방법을 제시해 왔습니다. 이 책은 제가 연구하고, 강연하고, 많은 부부들과의 실제 만남을 통해 얻은 결과물입니다.

"이 세미나를 계기로 우리도 다시 한번 생각하고 새출발하게 되었어요."

"지금 생각하면 왜 그렇게 미워했을까 하는 생각을 해요. 최근에는 신혼으로 되돌아간 것 같아요. 우리 부부가 이렇게 함께 산다는 것 자체가 행복이고 즐거움이

에요."

커플 세미나에 참가한 분들과의 만남에서 이런 이야기를 들으면 모든 피로와 잡념이 사라지고 고맙고 즐거움에 빠지고 맙니다.

저희 부부도 갈등의 연속이었던 시절이 있었습니다만, 지금은 우리가 부부로 만난 것을 항상 감사해하고 있습니다.

세계는 지금도 분쟁을 멈추지 않고, 국내도 정치적인 혼란, 경제 불황, 사회 불안이 가속화되어 살아가기가 참 힘든 세상입니다. 이런 시대일수록 '최후의 보루는 가족'이라는 것을 잊지 마십시오. 어떤 폭풍우가 불어와도 부부의 깊은 애정은 가정을 보호하며, 찬란한 행복을 누릴 수 있도록 이끌어줄 것입니다. 이 책이 독자의 가정에 예쁜 행복을 가져다줄 수 있는 메시지가 되는 데 작은 보탬이 되었으면 합니다.

추천사

　요즈음 입을 모아 '교육황폐'라고 외치는 청소년 문제
는 이제 누구도 외면할 수 없는 사회적인 골칫거리가 되
었습니다. 이것은 아이들의 건강한 성장을 해치는 가정
붕괴가 급격히 증가한 데서 원인을 찾을 수 있습니다.

　이 책은 부부를 중심으로 화목한 가정을 유지하는 방
법 외에는 다른 방법이 없다고 판단한 저자가 다양하면
서도 구체적으로 가정문제를 다룬 양서입니다.

　사랑을 받지 못하고 자란 아이들의 공통점은 감정 억
제가 불가능하고 유아적인 특성이 강하여 등교를 거부
하거나 원만한 인간관계를 맺지 못합니다. 또 높은 교
육열과 깊은 애정이 있는 가정에서 자란 아이들의 범죄
율도 높은데, 그 배경을 살펴보면, 아이의 장래에 대한

부모의 너무 큰 기대가 아이로 하여금 역반응을 불러일으켜 반항하게 하는 원인이 됩니다. 이런 보이지 않는 무서운 부분이 어느 가정에서나 일어날 수 있는 가능성이 있습니다.

이 문제의 해법은 보다 성숙한 부모, 성숙한 부부관계에 있다고 느낀 저자는, 바람직한 부부관계가 자녀에게 좋은 교육환경을 만들어 주기 때문에 아이는 부모의 마음을 연기하는 명배우라고도 말합니다.

애정으로 자란 아이는 사회성이 풍부하고 협동심이 강하며 부모에 대한 애정도 깊습니다. 또 친구관계도 좋고 상대방의 있는 그대로를 수용합니다. 부부관계를 개선시키는 것은 이기심을 벗어나 참사랑으로의 획기

적인 전환을 필요로 하는, 시대에 맞는 식견의 깊이와 통찰력에 의한 것입니다.

남성과 여성의 특징이나 심리적 · 생리적인 차이를 서로 이해하는 것을 우선과제로 한 것은 부부관계 개선의 가장 기본이 되기 때문입니다. 부부의 참사랑을 추구하고 서로 이해하며 깊은 애정으로 서로 배우는 교육 풍토를 뿌리내린다는 것은 지극히 유효하고 귀중한 제언입니다.

남편이 항상 아내의 마음을 채워주는 사랑의 출발점 이라는 발상은 자녀 교육의 근본이 어머니의 애정에서 비롯된다는 체험에서 나온 것입니다.

선인들의 말에 아기는 품을 떠나지 말고, 유아는 품

을 떠나도 손을 떠나지 말며, 소년은 손을 떠나도 눈을 떠나지 말고, 청년은 눈을 떠나도 마음을 떠나지 말라는 말이 있는 것처럼 아이를 신중하게 키워야 부모의 애정을 깊게 느끼게 하고 형제 자매와 우애도 깊어지며 사회성이 풍부한 참사랑이 몸에 배게 할 수가 있습니다.

　이 책은 행복한 삶을 위한 최대의 환경은 참사랑이라는 메시지가 담겨 있으며, 남편 사랑을 출발점으로 하여 부부관계의 기본인 참사랑이 뿌리내리기 위한 필독서로 지극히 유효하고 귀중한 제언입니다.

부모훈련협회 상무이사 스쿨 어드바이서

에바타 하루요시

제2장 남녀의 차이와 결혼생활

제1장

변해가는 가정상

1
결혼관과
가정관의 변화

시대를 쭉 거슬러 올라가면 에토시대, 메이지시대는 부모가 권하는 가문과 가문끼리의 혼약에 자녀가 따르는 것이 보통이었습니다.

그리고 80여 년 전만 해도 본인의 의사를 중시한 중매결혼이 주류를 이루었고, 제2차 세계대전 이후부터는 민주주의가 발전하면서 가족제도 해체, 개인 인권 존중, 남녀 평등, 여성 해방 운동 등으로 이어졌을 뿐만 아니라 연애결혼이 당연시되고 있습니다.

그러나 전후만을 살펴보면 최근 수십 년 동안 일본 사회가 크게 변했다고 생각합니다. 세대를 거치면서 생활방식도 변하고 사고방식도 점점 변했습니다. 당연히 결혼과 가족관도 크게 변했고, 이혼의 급증으로 인한 가정 붕괴라는 심각한 사회현상으로 인해 오늘의 가정은 커다란 전환기에 맞딱뜨리고 있습니다.

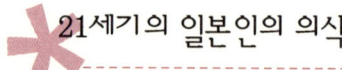

21세기의 일본인의 의식

1) 지금의 가족이나 가정에 만족하고 있는가

2001년 2월 16일자의 요미우리 신문에 21세기의 일본인의 의식이라는 타이틀에 대한 전국 여론조사 결과가 게재되었습니다. 그 중에 '가족 또는 가정에 만족하고 있습니까?'라는 질문에 대한 대답은 다음과 같습니다.

만족하고 있다, 매우 만족하고 있다	45.9%
다소 만족하고 있다	42.0%
조금 불만이다	9.3%
매우 불만이다	1.6%
응답 없음	1.2%

그러나 이 숫자는 모범 답안을 짜맞춘 엉터리 설문조사 같습니다. 왜냐하면 나중에 이야기 하겠지만 실제로 다른 여러 통계로 본 일본의 현재 가정 상황, 특히 부부 관계는 더욱더 심각하기 때문입니다.

2) 반려자에게 무엇을 기대할까

"당신은 반려자에게 무엇을 기대합니까?", 즉 "남편은 아내에게, 아내는 남편에게 무엇을 해주었으면 합니까?"라는 질문에 대한 대답은 다음과 같습니다.

남편이 아내에게 바라는 것

① 자녀들의 예의범절 교육을 잘 시킨다

② 취미나 레저를 함께 즐긴다

③ 부모나 친척과 잘 지낸다

④ 가사를 잘 돌본다

 아내가 남편에게 바라는 것

① 안정된 수입을 제공한다

② 취미나 레저를 함께 즐긴다

③ 자녀 교육에 신경을 쓴다

④ 자신을 속박하지 않는다

3) 이혼에 대한 긍정적인 생각 증가

"이혼에 대해 어떻게 생각합니까?" 라는 질문에 대해서는 다음과 같은 결과가 나왔습니다.

어떤 경우라도 이혼은 피해야 한다	11.5%
협력하여 이혼은 가능하면 피해야 한다	41.8%
이상의 이혼 반대파	53.3%
상황에 따라 어쩔 수 없다	39.4%
하고 싶다면 해도 된다	6.3%
이상의 이혼 긍정파	45.7%

사실은 1979년에 같은 설문조사를 했습니다. 그때보다 '이혼해서는 안 된다'라는 부정적인 의견이 10% 감소했습니다. 또 '본인들이 하고 싶다면 괜찮다'라는 긍정적인 의견이 12% 증가하고 있습니다.

이런 점을 보면 결혼관이나 부부관이 상당히 변했음을 알 수 있습니다. 이런 현상은 서양의 영향도 적지 않다고 생각합니다.

✳ 독신 신드롬

일본의 젊은이에게 새로운 파도가 밀려오고 있습니다. 독신 신드롬이죠. 굳이 번거로운 결혼을 하지 않고 자신의 생활을 즐기면서 하고 싶은 일이나 취미생활을 하겠다는 것입니다. 연애나 동거까지는 하더라도 결혼은 안 한다는 것입니다.

초혼 연령과 생애 미혼율

	생애 미혼율 (%)		초혼 연령 (세)	
	남	여	남	여
1950년	1.46	1.35	26.21	23.60
1960년	1.26	1.87	27.44	24.96
1970년	1.70	3.33	27.47	24.65
1975년	2.12	4.32	27.65	24.48
1980년	2.60	4.45	28.67	25.11
1985년	3.89	4.32	29.57	25.84
1990년	5.57	4.33	30.35	26.87
1995년	8.92	5.08	30.57	27.63

1) 만혼의 증가

위 표는 국립사회보장 · 인구문제연구소의 「인구통계자료집」 1999년판을 토대로 정리한 초혼연령과 생애 미혼율을 나타낸 것입니다. 이 표를 보고 확실히 알 수 있는 점은 남성과 여성 모두의 초혼 연령이 매우 높아졌다는 것입니다. 1950년에는 초혼 평균연령이 남성이

26세, 여성이 23세였던 것이 1995년에는 남성이 30세, 여성이 27세를 넘고 있습니다.

이와 같이 늦은 결혼은 필연적으로 출산율을 낮추는 결정적인 요인이 된다고 합니다.

2) 생애 미혼율의 증가

문제는 결혼이 늦어지는 것만이 아닙니다. 전혀 결혼하지 않은 사람 또한 증가하고 있습니다. 앞의 생애 미혼율의 추이를 보면 그 현상이 확실합니다. 생애 미혼율은 50세를 기준으로 결혼하지 않는 사람의 비율입니다.

1960년경까지는 50세까지 결혼하지 않는 여성이나 남성은 백 명 중 1~2명 정도였습니다. 하지만 그 후 여성은 1970년대부터, 남성은 1980년대부터 증가하기 시작하여 1995년에는 남성은 백 명 중 9명이, 여성은 5명이 결혼하지 않는 상황입니다. 이것은 실로 대단한 증가율입니다.

미츠비시 종합연구소의 연구 결과로는 앞으로도 이

러한 분위기는 더욱 상승하여 2016년에는 현재의 2배인 19%가 될 것이라고 예측하고 있습니다.

전과 비교하면 연애나 결혼이 자유스러운 시대임에도 불구하고 반대로 결혼하는 사람은 줄고 있다는 이상 현상이 일어나고 있습니다. 유럽과는 달리 일본은 혼외 출산율이 낮으므로 이것도 출산율 저하에 탄력을 붙이는 결과입니다.

3) 패러사이트 싱글(parasite single)의 증가

패러사이트 싱글이라는 말을 들어본 적이 있을 것입니다. 30세가 지나도 부모 집에서 동거하며 독립하지 않는 독신자입니다. 현재 일본에서 부모와 동거하는 독신자는 천만 명 이상입니다. 이 중에서 동거 조건을 갖춘 사람은 오백만 명 이상이고, 이중의 3분의 2는 가계에 조금이라도 공헌하며, 경제적으로 여유 있는 부모와 동거하는 사람은 절반이라고 하니까 모두 독신귀족은 아닙니다. 그러나 패러사이트(기생)라는 말처럼 부모에게 기생하는 사람이 증가하고 있는 것만은 확실합니다.

특히 독신귀족이라고 말하는 사람들은 방세, 수도광열비, 식사비도 무료이고 자신 월급의 대부분을 마음대로 사용합니다. 브랜드 액세서리로 몸을 치장하고 스포츠카를 타고 다니며 외국여행, 식도락을 즐기기도 하고 심야까지 인터넷에 푹 빠집니다. 그런 부유함과 자유스런 생활에 친숙해지게 되면 결혼하고 싶은 생각이 없어집니다. 결혼 후에 틈틈이 절약하여 겨우 중고 경자동차를 구입하고 세일하는 가게를 찾아다니며 화장지를 사러 뛰어다니고 싶지 않습니다. 그들의 사고로 보면 결혼은 가난의 시작에 불과할 뿐입니다.

심리학자에 의하면 독신귀족은 나이는 성인이지만 결혼생활에 자신이 없다든가 정신적으로 자립 불가능한 사람이 대부분인 것 같습니다. 실제 그들의 이야기를 들어보면 부모의 사이가 나빠서 결혼생활에 희망을 못 느꼈다고 말하는 사람이 많습니다. 결국 그들의 생활방식도 결혼율을 저하시키는 원인의 하나가 됩니다.

4) 혼인신고를 하지 않는 부부 증가

독일에서는 혼신신고를 하지 않는 부부가 급증하고 있습니다. 일본에서도 이런 현상은 급속히 진행되고 있지만 사실 지금 독일에서는 커다란 사회문제가 되고 있습니다. 부부와 똑같은 생활은 하고 있지만 정식 결혼은 하지 않는 것입니다. 이것은 일본 젊은이들의 일시적인 동거와는 다른 것으로서, 결혼생활은 확실히 하면서도 단지 혼인신고를 하지 않는 것이지요.

왜 이런 커플이 증가하는가에 대한 질문에 대하여, 결혼생활을 시작해서 부부관계가 원만치 못하게 되더라도 종교적인 영향 또는 여러 가지 제약 때문에 이혼이라는 제도가 서로에게 상처를 주는 경우가 있기 때문이라고 합니다. 결혼해서 정말 잘 살 수 있을지 자신이 없기 때문에 혼인신고는 하지 말자는 것 같습니다. 이런 부부는 법적인 보호를 받을 수 없기 때문에 어느 한쪽이 죽을 경우 유산 상속 문제나 보장 문제 등의 많은 문제가 생깁니다. 일본에서는 독일만큼은 아니지만 이런 커플이 꾸준히 증가하고 있는 추세입니다.

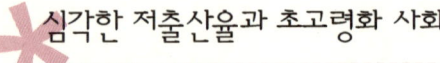

1) 저출산율의 실태

지금 일본 사회의 큰 문제는 인구가 꾸준히 감소하고 있다는 것입니다. 다시 말해서 결혼을 하여 자녀를 몇 명 낳는가 하는 문제인데, 다음의 합계특수출산율(한 여성의 평생 출산율) 통계를 보면 이 문제가 더욱더 쉽게 이해될 것입니다(후생성대신 관방통계정보부 인구 동태통계에서).

연차	합계특수출산율
1947년	4.32명 (제1차 베이비 붐 1947~49년)
1973년	2.14명 (제2차 베이비 붐 1971~74년)
1999년	1.34명
1947년	4.32명이었습니다.

하지만 50년 후인 1999년에는 1.34명으로 줄었습니다(2000년은 밀레니엄 베이비 붐이 일어났지만 그때에

도 1.35명에 불과하였다). 전문가에 의하면, 일본의 경우 남성과 여성이 결혼하여 최저 2.07명 이상을 출산하지 않으면 현재의 인구율을 유지하기가 불가능하다고 합니다. 계속 이렇게 1.34명의 출산율을 유지한다면 일본의 젊은 층의 인구율은 급속도로 감소할 것입니다.

현재 초등학교의 한 학급 학생 수는 몇 명 정도입니까? 내가 아는 규모가 큰 초등학교의 1학년 한 학급의 경우가 33명입니다.

우리가 어렸을 때는 45명에서 50명이었습니다. 초등학교, 중학교, 고등학교로 학년이 높아질수록 항상 책상 수를 늘려야 할 정도였지요. 또 학급 수도 많았습니다. 제가 고등학생이었을 때엔 1학년이 11반까지 있었습니다. 그때와 비교하면 지금은 정말 적습니다. 우리가 덩어리세대라고 말하는 특별한 세대이기 때문에 비교하는 것도 무리일지는 모르지만 그렇다고 해도 초등, 중학교의 폐교, 고등학교의 통합이 진행되는 것을 보면 사태가 그리 여유로운 것만은 아닙니다. 대학은 학생 수가 줄어서 수입 감소로 인한 경영난으로 직원, 교수,

강사의 구조조정이 진행되는 실태입니다.

출산율 저하가 불러오는 더욱 심각한 문제가 있습니다. 이것은 가정 내의 문제만이 아닌 일본이라는 국가적인 문제에 있어서 대단히 심각합니다. 출산율이 이대로 계속 낮아진다면 전쟁이나 재해, 또는 경제적인 파탄이 아니더라도 일본민족은 자동적으로 지상에서 사라지게 된다는 것입니다.

경제인구학의 전문가인 오부치히로시 츄오 대학 교수에 따르면, 일본의 합계 특수 출산율은 1974년경부터 계속 감소했지만 특히 최근 수년 동안 예상 이상의 속도로 진행되어 지금과 같이 계속 출산율이 낮아진다면 천년 후에는 일본인이 지상에서 사라지게 된다는 것

연차	추정인구
2000년	12,700만 명
2100년	4,900만 명
2500년	3,000만 명
3000년	500명
3500년	1명

입니다. 현재 일본 인구는 약 1억7천700만 명입니다.

앞의 표는 지금과 같은 낮은 출산율이 계속될 경우를 계산한 한 예입니다. 출산율이 지금과 같이 계속 낮아지면 백 년 후인 2100년에는 일본 인구가 지금의 절반 이하인 4천900만 명이 되고 더욱이 3500년에는 한 명이 됩니다. 그렇게 되면 일본 민족은 소멸되고 마는 것입니다. 그렇다면 빨리 출산율을 올리면 되지 않느냐고 말할지 모르지만, 실제로 일단 감소하는 흐름이 계속되면 그 경향이 간단히 변하지 않는 것이 세계의 실정이라고 합니다. 오부치 교수에 따르면, 인구감소가 멈추고 인구가 안정화되는 합계출생율을 치환수준이라고 합니다. 그 경우에 필요한 합계특수출생률이 2.07~2.08명이라고 합니다. 문제는 어느 시점에서 출생률이 그곳까지 회복할 수 있느냐 하는 것입니다. 국립사회보장·인구문제연구소에서는 2050부터 합계특수출생률이 치환수준의 2.08로 회복된 경우의 추정인구를 다음 표와 같이 추정계산하고 있습니다.

결국 큰 문제인 것만은 틀림없습니다.

연령별 추정인구

연차	일본총인구	0~14세	15~64세	65세 이상
2000년	12,693만 명	1,851만 명	8,638만 명	2,204만 명
2050년	10,059만 명	1,084만 명	5,389만 명	3,586만 명
2100년	6,414만 명	842만 명	385만 명	2,087만 명

✳ 초고령화 사회의 국민부담

'그건 아주 먼 이야기이기 때문에 우리와는 관계없다' 하고 생각할지 모르지만 그렇게 먼 이야기만은 아닙니다. 바로 눈앞에서도 커다란 문제가 기다리고 있습니다. 그것은 초고령화 사회가 온다는 것입니다. 일본은 지금까지 세계 어떤 나라에서도 경험하지 못한 속도로 초고령화 사회가 되고 있다고 합니다. 이것이 절정을 이루는 시기가 서기 2025년경입니다. 젊은이가 적고 노인이 매우 많은 사회구조가 되고, 국민부담율은 매우 높은 수치가 됩니다.

국민부담율이란 간단하게 말하면 자신의 수입에 대해서 의무적으로 내야 하는 돈의 비율입니다. 반드시 내야 하는 세금, 의료보험료, 공적연금의 보험료입니다. 즉, 노인이나 국가 전체를 지지하기 위해 국민이 부담해야 하는 돈입니다. 물론 누진과세로 고소득자는 비교적 많이 부담하고 저소득자의 부담율은 적은 국민 전체의 평균 부담율입니다.

고령화 사회의 절정인 2025년경은 대체 어느 정도의 부담으로 다가올 것인가. 그 숫자에 대해서 경제저널리스트 아사이타카시 씨는 다음 두가지 자료를 들고 있습니다.

우선 첫번째 자료는 1996년 11월의 구 경제기획청 종합계획국의 「경제심의회재정. 사회보장문제 워크그룹의 시뮬레이션 결과에 대해서」라는 자료입니다. 1994년 35.8%였던 국민부담율이 2025년에는 51.5%까지 상승할 것이라는 예측입니다. 그러나 이것은 결국 어떤 형태로든 국민이 부담하게 되는 국가의 빚, 즉 재정적자분을 고려한 숫자이므로 실질적인 부담율은 그것을 더한 잠재적인 국민부담율로 보지 않으면 안 된다고 말합니다.

다음 표의 괄호 안의 숫자는 국민부담율에 일반재정적자비율을 더한 잠재적인 국민부담율입니다만, 그것에 의하면 1994년에는 39.2%이고, 2025년에 70%가 넘을 거라고 말하고 있습니다.

두 번째 자료는 더욱 명확한 수치를 나타내고 있습니다. 구 통상산업성 산업재정국에서 실시한 시뮬레이션으로 산업구조심의회 기본문제소위원회가 중간결산한 자료에 의하면, 1995년 현재 36.7%의 국민부담율이 2025년에는 60%가 될 것이라고 예측하고 있습니다. 더욱이 잠재적인 국민부담율은 1995년에 44.1%이지만 2025년에는 92.4%가 된다고 예측하고 있습니다. 어떤 데이터만 보더라도 놀라운 숫자입니다.

현재 노인국가 구조가 되어 있는 노르웨이나 스웨덴의 소비세는 20% 수준이지만 미래의 일본의 경우는 소비세를 25%로 높여도 따라가지 못한다고 말합니다. 지금 우리는 5%도 높다고 느끼죠. 이것이 25~30%가 되면 과연 이런 사회에서 우리가 살아갈 수 있을까요? 젊은 사람은 점점 외국으로 나가겠죠. 또 기업은 법인세를 피하기 위해 외국으로 옮기게 될 것이고 지금도 이런 징후는 나타나고 있습니다.

국민부담율의 추정계산

	1994년 현재	약 30년 후	2025년 예측
구 경제기획청의 계산	35.8% (39.2%)	→	51.5% (70%)
구 통산성의 계산	(1995년 현재) 36.7% (44.1%)	→	60% (92.4%)

✱ 저출산율이 초래하는 일본산업의 쇠퇴

낮은 출산율과 고령화가 가져오는 큰 문제는 젊은 노동력 부족입니다. 젊은 노동인구가 감소하기 때문에 국내 노동력의 임금이 높아지게 됩니다. 그러면 제품 코스트가 높아져 일본 제품의 국제경쟁력이 떨어지고 맙니다. 전에는 세계 1~2위라고 했던 일본 제품의 국제경쟁력이 지금은 15~16위로 떨어지고 있습니다.

고도 경제 성장기의 일본 제품은 품질이 좋고 싸다는 이점 때문에 만들기만 하면 팔릴 정도로 호황을 누렸습니다. 그러나 기업들은 살아남기 위해서 저임금의 중국이나 동남아시아로 공장을 옮기고 코스트 낮은 제품을 생산하기에 필사적입니다. 이대로 간다면 일본의 산업은 공동화(空洞化)되어 국내의 일자리는 점점 없어지고 말 것입니다. 노동력 부족을 해결하려면 외국인 노동자를 대량으로 받아들여야만 됩니다.

한편으로 많이 발생하는 외국인 흉악범죄와 가속화되는 치안 악화 문제도 해결하려면 국제감각과 다인종

사회를 수용할 각오가 필요하게 됩니다.

결국 생산력의 노쇠화에 의해 일어나는 일본의 공업 선진국에서의 몰락을 방지하기 위해서는 반드시 저출산율에 대한 문제를 극복하지 않으면 안 됩니다.

가정 재건 운동 요원들은 "사이 좋은 부부가 되어 많은 자녀를 낳자!"고 제창하고 있습니다. 자녀를 많이 낳는 것은 우리 가정이 행복할 뿐만 아니라 일본의 미래 발전에 중요한 문제인 것입니다.

전쟁 전에 태어난 분에겐 형제자매가 많습니다. 대개 평균 6~7명의 형제자매가 있죠. 의학이 지금처럼 발달하지 못했기 때문에 유아 사망률이 높은 시대였지만 대다수의 가정이 자녀를 많이 두었습니다. 그러나 전쟁 후에는 자녀 수가 매우 줄어들게 되고 특히 최근에는 자녀가 한 명 또는 두 명인 가정이 대부분입니다.

"왜 자녀를 안 두세요?"

하고 이유를 물어보면 그들의 대답은 매우 솔직합니다.

"아이를 많이 낳게 되면 자유 시간이 없어지잖아요."
"교육비 부담이 너무 커요."
"내 생활을 철저히 즐기고 싶어요."

라고 말합니다.

확실히 자녀교육에는 시간과 노력이 필요합니다. 그래서 많이 낳고 싶지 않게 되고 이것은 현대인의 발상입니다.

또 하나는 교육비인데, 대부분의 부모들이 특히 교육비에 있어 매우 예민하게 생각합니다. 학력사회라는 것도 하나의 이유이고 또 대학까지 나오지 않으면 출세하지 못할지도 모릅니다.

유치원부터 대학 졸업까지 자녀 한 명에게 들어가는 양육비가 얼마인가 하는 시뮬레이션이 있는데 교육비가 차지하는 비중이 수치로 나옵니다. 그러면 인생설계상 역시 두 자녀 이상을 두는 것은 무리라고 생각하게 되겠죠. 그래서 '적어도 두 명은 돼야지' 하고 희망하는 사람이 대다수입니다. 그런데 아이를 원해도 낳지 못하는 가정도 있기 때문에 결국 전체적으로는 줄게 되는 것입니다.

또 다른 요인을 들면 요즘은 예전처럼 대를 잇기 위해 아들을 낳을 때까지 출산하겠다는 생각이 적어졌다는 점, 결혼 후에 부부관계가 원만하지 못해 이혼이나 별거가 많은 것도 저출산율의 요인이라고 할 수 있습니다.

✳ 중고생의 결혼 희망도

2001년 7월 31일 문부 과학성소관의 재단법인 일본 청소년연구소 발표에 따르면, 미·불·일·한 4개국의 중고생을 대상으로 한 국제 설문 조사에서 '결혼을 반드시 해야 한다고 생각하는가?'라는 질문에 미국 80%, 프랑스 50%, 한국 30%가 '예'라고 답한 데 비해 일본의 중고생은 2할에 불과했습니다. 특히 여중고생의

86%가 꼭 결혼하지 않아도 된다는 대답을 하였습니다. 결혼을 꼭 할 필요가 없다고 대답한 중고생들도 어른이 되면 생각이 달라질 수 있겠지만, 그렇다고 해도 일본 역사상 젊은 세대의 결혼에 대한 생각이 이렇게 부정적인 적은 일찍이 없었습니다.

한편 다른 설문조사에서는 도쿄의 여고 3학년의 성 체험율이 50%를 넘었다고 보고되고 있습니다. 대학생 동거가 당연시되는 현상이나 이런 설문조사의 결과를 놓고 볼 때, 성생활은 즐기지만 결혼에는 별 관심이 없다는 젊은이들의 의식이 나타납니다. 이런 경향은 부부간의 불화, 가정 붕괴를 더욱 부채질하고 있습니다.

2

부부관계의 파탄은
무엇을 초래하는가

부부관계의 파탄이 본인이나 아이들에게 어떤
영향을 주는가, 하는 문제에 대해 전문적 지식을 갖춘
전미국후생성 사무차관보로 현재 헤리테이지 재단의
가정·문화문제 부문 상급특별연구원인 패트릭 F. 페
이건 씨의 의견에 귀기울여 봅시다. 페이건 씨는 일본
에도 초대되어 강연이나 심포지엄을 한 적이 있기 때문
에 아는 분이 있을 것입니다(이하는 1999년 4월 도

쿄·오사카에서 행한 국제 교육 심포지엄 '교육과 가정을 어떻게 재건할 것인가?—미국의 제언'에 의함).

✱ 동거 경험은 결혼생활에 플러스일까 마이너스일까

그냥 같이 살게 되었다는 말을 수년 전부터 자주 듣게 되었습니다만 미혼남녀의 동거가 급속히 늘고 있습니다.

"상대를 잘 파악한 후에 결혼하려고 한다."
"성생활도 연습하고 나서 결혼하는 것이 좋다."

라는 말이 그럴 듯하게 들리지만 현실의 데이터는 그것과는 전혀 반대 결과를 나타내고 있습니다.

페이건 씨의 연구에 의하면, 동거경험자의 이혼확률은 분명히 높게 나왔습니다. 결혼 전에 동거 경험이 없는 부부의 이혼율을 기준치로 한 경우, 동거 경험이 있는 부부의 이혼율은 다음과 같습니다.

* 결혼 상대와 동거한 부부의 이혼율은 **1**배
* 결혼 상대 이외의 사람과 동거한 적이 있는 부부의
  이혼율은 **4**배

이런 사실을 감안하면 강한 신뢰로 이루어진 부부, 밝고 행복한 가족관계를 쌓기 위해서는 결혼 전의 성교나 동거는 신중을 기해야 된다는 것입니다.

✱ 가정불화가 자녀에게 주는 영향

페이건 씨의 연구에 의하면 결혼생활의 파탄이 자녀에게 미치는 영향은 예상보다 크고 심각합니다. 이혼하기 전이나 후에 아버지와 어머니가 서로에게 욕지거리하는 환경에서 자란 자녀에게서는 정신적 · 육체적으로 부정적인 영향을 많이 받습니다. 구체적으로 열거하면 다음과 같습니다.

* 신생아의 건강상태가 악화되어 유아사망률이 높아진다.

* 지능, 특히 언어 능력 발달이 늦어진다.

* 학교 성적이 떨어진다.

* 일을 성취하는 능력이 낮아진다.

* 행동상의 문제가 자주 일어난다.

* 충동 억제력이 저하된다.

* 사회성이 비뚤어지게 성장한다.

* 복지 의존도가 높아진다. 미국에서는 현재 복지에 의존하는 아이의 92%가 결손가정 출신이다.

* 지역 사회에 대한 범죄가 증가한다.

* 육체적 또는 성적인 학대를 받을 위험도가 증가한다.

*이혼이 자녀에게 미치는 영향

미국에서 1년 동안 부모의 이혼을 경험하는 자녀의 수는 1950년에 25만 명이었던 것이 1970년대에 급증하여 현재는 110만 명을 넘는다고 합니다. 또 한쪽 부모와 같이 살고 있는 아이는 1993년 전후로 750만 명이었던 것이 현재는 819만 명으로 늘고 있습니다. 연구 결과, 부모의 이혼은 다음과 같은 리스크를 증가시키고 있다고 페이건 씨는 지적하고 있습니다.

* 부모에 대한 애정이 감퇴하여 나중에는 결혼을 혐오하는 감정을 갖게 되고 결혼 전의 동거 가능성이 높게 된다.
* 친구 또는 미래의 배우자와의 사이에서 생기는 갈등 처리 능력이 부족할 가능성이 높고, 그 결과 이혼 가능성이 높게 된다.
* 여자의 경우는 한층 이런 경향이 강해진다.
* 십대에 부모의 이혼을 겪으면 프리섹스를 하기 쉽게 되고, 십대 소녀 임신이 증가하며, 십대 소년은 노여움으로 폭력을 휘두를 가능성이 높다.

* 친구 사이가 원만하지 않으며, 사회적 불안이나 공포를 쉽게 느끼게 된다.

* 가정 수입이 28~42% 내려가기 때문에 어쩔 수 없이 이사를 자주 하게 되어 필연적으로 이웃과의 환경이 자주 바뀐다.

* 적어도 한동안은 학교 성적이 내려가고 종합적인 실적도 내려간다.

* 장기적으로는 신체적 건강이 약해지게 되어 수명이 짧아진다.

* 마약을 남발할 수 있으며 흡연율도 증가한다.

이혼이 본인에게 미치는 영향

미국은 이혼·재혼이 일상적으로 행해지는 사회라고 하더라도 결혼생활 파탄은 본인들에게 큰 영향을 끼친다고 페이건 씨는 말합니다.

* 평균수명이 단축된다. 이혼한 백인 남성이 빨리 죽을 확률은 정상적인 결혼생활을 하는 남자의 4배이다.
* 육체적 건강이 악화된다.
* 정신적 건강이 악화된다.
* 경제적 상황이 악화된다.

이상과 같은 조사 결과는 미국의 예로써 일본에 그대로 모두 적용된다고는 볼 수 없을 것입니다. 그러나 결코 남의 일만은 아니라는 것을 교육·의료·경찰·법무 등에 종사하는 사람, 가정문제 상담소 등의 현장에 종사하는 분 모두가 뼈저리게 느끼고 있습니다. 적어도 지금 일본의 가정문제는 역사적으로 큰 기로에 서 있다는 것은 틀림없습니다. 인류의 탄생 이래 가정은 사회와 국가의 기초이며 가정 윤리 붕괴가 하나의 문명국가의 쇠망을 초래한다는 것은 역사가 잘 보여주고 있습니다. 또 가정이 붕괴할 때 가족의 행복도 지역사회도 국가도 커다란 위험에 직면한다는 것은 이미 우리가 경험하기 시작하는 중입니다.

이와 같은 가정붕괴는 어디에서 시작했는가 하면 결국 부부관계의 파탄에서 온 것이라는 것을 말할 필요가 없습니다. 따라서 지금이야말로 보다 좋은 부부가 되는 법을 다시 한번 진지하게 생각해 봐야 할 때가 아닌가 생각합니다.

어떻게 하면 사이 좋은 부부가 되고 어떻게 하면 험악한 관계로 빠지게 되는가, 그것에 대한 해법은 분명 있을 것입니다. 부부간의 애정에 대한 법칙을 함께 찾고 공부하는 것이 이책의 목적이기도 합니다.

3✳

부부사랑의 수명

'부부사랑의 수명은 대체 몇 년일까?'

이것은 미국의 인류학자 헬렌 E. 피셔 씨의 아주 재미있는 연구 내용입니다.

'부부사랑의 수명은 몇 년?' 이것을 동물학적으로 생각해 보려고 합니다. 물론 동물과 인간은 다릅니다. 그러나 인간도 동물적인 측면을 가지고 있기 때문에 맞는 부분이 꽤 있을 것입니다.

동물학적으로 새는 봄에 구애행동을 한 후에 한 쌍을 이룹니다. 그리고 교미하여 알을 낳고 엄마 새가 부화 시킵니다. 새끼의 날개가 나오고 성장할 때까지 수컷은 열심히 먹이를 나릅니다. 그래서 여름이 되면 성장한 새끼들은 보금자리를 지어 나갑니다. 새끼들이 보금자리를 지으면 부부관계도 자연스럽게 끝나게 됩니다. 다른 동물도 대체로 같습니다. 물론 그 중에는 코끼리나 고래처럼 일단 커플이 되면 몇 년 동안이나 같이 사는 고등동물도 있지만, 대개 동물의 부부관계는 번식기 동안이라고 봐야 합니다.

이것을 인간과 비교해보면 인간도 커플이 되어 아이를 낳고, 그 아이가 젖을 뗄 때까지 아내는 남편의 손이 필요하게 됩니다. 적어도 젖뗄 때까지는 남편의 도움이 없으면 힘듭니다. 그 동안은 아버지의 도움이 필요한 기간입니다.

피셔 박사는 현대인이 결혼하여 아이를 낳고 젖을 뗄 때까지는 평균 4년이 걸린다고 합니다.

그런데 세계 62개국에서 조사한 유엔 통계에 의하

면, 이혼율이 가장 높은 시기는 결혼하고 나서 4년째부터라고 합니다. 아이를 낳고 젖을 뗄 때까지는 그런 대로 지내지만, 그 이후에 부부관계를 유지하기란 간단치가 않다는 것을 의미합니다.

동물학적인 관점에서 현대인은 부부가 서로를 절대로 필요로 하는 기간은 고작 4년 정도라고 합니다.

두말할 필요도 없이 인간의 부부관계가 단지 아이를 낳는 것만이 목적은 아닙니다. 일생을 사랑의 반려자로 서로 사이 좋게 지내지 않으면 안 됩니다.

그렇다면 '부부사랑을 4년 이상 지속하려면 어떻게 해야 할 것인가'에 대한 주제를 놓고 우리 한번 이야기의 실타래를 풀어볼까요.

4

이혼의 원인

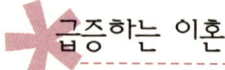
급증하는 이혼

결혼 건수는 과거와 거의 비슷하지만 이혼 건수만은 놀라우리만치 증가하고 있습니다.

이하는 후생 노동성 인구동태 통계 보고서에 의한 결혼 건수와 이혼 건수의 데이터입니다. 알기 쉽게 10년을 주기로 데이터를 나열해 보았습니다.

연도	결혼 건수	이혼 건수
1960년	866,116건	69,410건
1970년	1,029,405건	95,937건
1980년	774,702건	141,689건
1990년	722,138건	157,608건
2000년	798,140건	264,255건
2001년	800,003건	285,917건

표에서 나타내듯이 1970년의 결혼 건수가 특별히 많은 것은, 덩어리세대 2세들의 결혼이 많은 시기였기 때문이지만 보통은 1년간의 결혼 커플 수는 거의 70만~80만 쌍입니다. 그러나 결혼 건수에 비해 이혼 건수 쪽은 점점 증가하고 있습니다.

종전부터 15년이 지난 1960년 시점의 일본 전체의 1년간 이혼 커플 수는 약 6만9천 쌍입니다. 그것이 40년 후의 2000년에는 26만4천 쌍에 달하고 있습니다. 1970년대에도 늘었지만 특히 90년대 이후에는 이혼 건수가 대단히 늘었고 2001년에는 28만5천 쌍을 넘고 있습니다.

2001년 1년 동안의 결혼 커플 수가 80만 쌍인 데 반해 28만 쌍의 이혼율은 놀라울 정도의 수치입니다.

이것은 법적 이혼 건수이므로 법적 이혼까지 이르지 못한 별거나 가정내 별거 또는 분위기가 험악한 상태에 있는 가정은 상당 건수 이상이라고 생각합니다. 그렇게 생각하면 지금은 잘 지내는 부부쪽이 오히려 적다는 결론이 나옵니다.

헤어지는 이유

누구나 결혼할 때는 사이 좋고 멋진 부부가 되고 싶은 꿈으로 결혼합니다.

여러분도 결혼식 때를 기억해보시기 바랍니다. 연애결혼, 중매결혼, 동거하다 하게 된 결혼이 있겠죠. 맹세도 굳게 하겠죠. 하나님 앞에, 부처님 또는 다른 여러 신들이나 사람들 앞에서 굳게 사랑을 약속하죠. 어떤 형태로든 결혼식 때의 두 사람 모두 희망이 있었을 것입니다.

　서로 사랑하는 부부가 되어 머지 않아 귀여운 아이가 태어나고… 단란한 가정입니다. …주위에서도 부러워할 정도로 따뜻한 가정을 만들어 행복하게 살고 싶다고 생각하지 않았나요? 생각하지 않았다면 결혼하지 않았겠죠. 하지만 1년, 3년, 5년이 지나면서 생각대로 되지 않고 이윽고 부부갈등이 시작되고 그리고 나서 고민 끝에 이혼까지 다다른 경우도 있습니다.

　그래서 이혼 사유에 대해서 조금 조사해 봅시다. 세계의 통계와 일본의 통계에서는 동기 사유가 조금 다릅니다. 세계에는 여러 나라가 있습니다. 종교국가가 있으면 유물론국가도 있고 종교도 다양합니다. 또는 선진국과 개발도상국도 있습니다. 그 중에서 대표적인 이혼 사유는 무엇일까요?

　전 세계의 경향을 유엔 통계에서 비교해 봅시다.

이유의 첫 번째는 불륜입니다. 남편의 바람기는 비교적인 관용으로 넘기지만 아내의 불륜이 이혼사유가 되는 경우가 아직까지 세계 곳곳에 남아 있습니다.

두 번째는 불임입니다. 일본에서는 지금 이런 사유로 이혼하는 경우는 거의 없겠지만 에도시대나 전쟁 전에는 얼마든지 있었습니다. 애석하게도 세계적으로는 그런 이유로 이혼하는 나라가 아직도 많습니다.

세 번째는 남편의 폭력입니다. 어제 오늘의 문제가 아닙니다만 최근에는 생명이 위협 받는 사례도 많아져 가정 내 폭력이 사회문제로 떠오르고 있습니다.

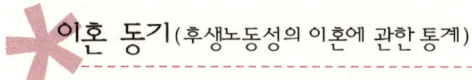

이혼 동기 (후생노동성의 이혼에 관한 통계)

일본인들의 '이혼 동기'에 대해 후생노동성 자료를 조사해 보았습니다. 신청한 사유만 보아도 이혼 요인을 짐작할 수 있습니다. 가정재판에 신청한 사유를 한번 보실까요.

1) 남편측이 신청한 이유

1. 성격의 불일치. 일본에서는 제일 많은 이혼사유입니다. 특별한 이유는 없지만 잘 지내지 못한 경우가 여기에 해당합니다.

2. 이성관계. 최근에는 남편과의 관계가 식어서 일어나는 아내의 혼외 연애나 불륜이 의외로 이혼으로 이어지는 경우가 늘어나고 있습니다.

3. 가족·친척과의 관계. 아내와 시부모와의 관계가 좋지 않은 경우 "당신은 나와 부모님 중 어느 쪽을 택할 거야?"라는 질문에 부모를 버릴 수가 없는 남편은 어쩔 수 없이 아내와의 이혼을 선택하는 경우가 많습니다.

4. 아내의 낭비벽. 본래 생활의 편리를 위한 카드 결재나 돈을 간편하게 빌리는 소비자 금융 시스템도 한걸음 잘 못 가면 빚의 지옥을 낳고 가정 파탄이라는 커다란 비극을 초래합니다.

5. 이상 성격. "심하게 남편을 매도하는 여성과는 도저히 함께 살 수 없습니다. 그녀는 성격이 이상합니다."라는 하소연을 듣는 경우가 많아졌습니다. 단지 이 점에 대해서는 저는 여성을 변호하고 싶습니다. 왜냐하면 부인의 성격 이상이 아니고 히스테리 현상인 경우가 많기 때문입니다. 일반적으로 여성은 정적이므로 부부관계가 원만치 못하고 험악해지면 감정적으로 되고 히스테리적이 됩니다. 그런 언동을 남성이 보고 이상성격인 여성과는 못 산다는 생각이 무리는 아니지만 원래 성격 이상자가 그리 많은 것은 아닙니다.

6. 정신적으로 학대한다. 이것은 의외로 생각할지 모르지만 여성의 히스테릭한 언어 공격에 남성은 견디기 힘들게 됩니다. 여성은 불만이 있으면 항상 푸념하고 비꼬며 욕지거리를 반복하므로 직장에서의 스트레스를 치유하기 힘듭니다. 그렇게 되면 남편에게는 어느새 쉼터가 없어지게 됩니다.

7. 성적인 불만. 아내가 성생활을 응해주지 않는 경우 남성으로서는 결혼생활을 계속하기 어렵게 됩니다.

2) 아내측에서 신청한 이유

1. 성격 불일치는 남편의 경우와 같습니다. 엄밀하게 말하면 성격의 차이가 부부를 하나로 묶어주지 못하게 되며, 이것은 결국 가치관의 차이입니다. 부부가 서로 이해와 협력관계를 쌓는 데 실패했다는 결론입니다.

2. 남편의 폭력. 유럽 다음으로 일본에서도 생명에 위협이 될 정도의 사건이 증가추세이고 가정 내 폭력 문제는 공적 기관이 개입할 정도로 심각한 사회문제가 되었습니다.

3. 이성관계. 두말할 필요도 없이 남편의 바람기, 내연관계에 의한 부부관계의 파탄입니다. '원래 남자란 바람 피우도록 만들어진 존재다…'라고 말하는 사람도 있지만 실제로 보면 아내에게 아무런 문제가 없고 남편에게만 문제가 있는 경우는 드뭅니다. 부부의 애정이 식고 남편이 가정에서 휴식을 취하지 못하게 되면 다른 여성에게서 위안을 얻으려는 경우가 많습니다. 반대로 아내의 불륜도 마찬가지로 서로에 대한 관심과 사랑이 있어야 치

유될 수 있는 문제입니다.

4. 생활비를 주지 않는다. 남편이 직장이 없거나 수입이 없
   는 것도 아닌데도 반발심으로 아내에게 생활비를 주지
   않는 사례도 많습니다.

5. 정신적으로 학대한다. 부부가 험악한 관계가 되면 서로
   상처 주게 되지만 아내 입장에서 보면 정신적인 학대라
   고 생각하는 경우입니다.

6. 남편의 낭비벽. 경륜, 경마, 경정 및 도박 중독, 광적인
   취미 등 즐기는 차원을 넘어 빚을 지면서까지 낭비를 하
   는 남편들이 늘고 있습니다. 그러나 근복적 원인에는 결
   국 원만하지 못한 부부관계에서 오는 스트레스 때문인
   경우가 많습니다.

7. 가정을 버리고 돌보지 않는다. 부부의 감정적 대립이 계
   속되면 남편이 가정 내의 일이나 육아에 일절 협력하지
   않게 되어 가정에서 보내는 시간이 거의 없게 되고 아내
   는 견디기 힘든 상태가 됩니다.

이상은 이혼 동기에 대한 기록이지만 부부가 좋은 관계를 만든다면 얼마든지 해결 가능하다는 생각이 대부분입니다. 따라서 부부는 왜 잘 지내지 못하는가, 어떻게 하면 서로 상대를 존경하고 감사할 수 있으며 사랑하는 관계를 쌓을 수 있을까, 이것이 가장 중요한 문제라고 생각합니다.

5

생각의 차이

어느 날 스물세 번이나 결혼했다는 여성이 TV에 나온 걸 보았습니다. 그런 사람도 있나 하고 귀를 의심했습니다. 그만큼 결혼했다는 것은 이혼도 그만큼 했다는 결론이 나옵니다. 그렇게 결혼해서 헤어지고 결혼해서 헤어졌다면 상당히 무책임한 기분으로 결혼했다고 생각할지 모르지만 인터뷰를 들어보면 성실한 사람이었습니다. 그 순간은 진지하게 결혼했다고 하지만 왠지

지속되지 않았답니다. '왜 그렇게 잘 지내지 못했을까' 하는 그 사람의 고백, 탄식, 고민은 더 넓은 의미에서 모든 부부에게 해당되는지도 모릅니다.

원만한 결혼생활을 위해서는 나름대로 법칙과 비결이 있습니다. 또 결혼생활이 파탄나는 것도 공통 원인과 법칙이 있다는 것을 20년간 연구하면서 저는 실감하였습니다.

부부관계가 험악해지는 제일 큰 원인으로는 다음 두 가지를 들 수 있습니다.

1. 결혼 후 상대의 결점이나 단점이 보이게 되면 상대를 바꾸려고 합니다. 여기서부터 부부관계가 험악해져 갑니다.
2. 남성과 여성의 차이를 이해하지 못하거나 그것을 받아들이려 하지 않을 때 부부간에 오해와 불만이 생기고 마침내 파탄에 이르게 됩니다.

첫 번째 문재보다 두 번째 문제를 중심으로 자세한 설명을 할까 합니다.

가장 근본적인 원인은 남녀의 마음의 차이라는 작은 문제에서부터 시작됩니다.

어느 날 TV에서 여성 변호사가 강연을 했습니다. 몇 천 명이나 되는 이혼 상담에 응한 것이지만 법적이혼에 이르기까지의 경위는 백 명이면 백 명 모두의 사정이 다릅니다. 조그만 것에서 오해가 생기고 그것이 악순환을 반복하여 얼굴도 보기 싫어하게 됩니다. 그러나 대부분의 문제는 한가지입니다.

가장 먼저 발생하는 부부의 문제는 부부간에 대화가 없어진다는 것입니다. 대화의 단절에서 시작되어 악순환을 거듭하고 마지막엔 이혼에 이르는 것입니다. 대화가 없다는 것이 얼마나 무서운 것인지 다시 한번 절감하였습니다.

일상생활에서 서로 맘에 들지 않거나 불끈 하는 감정이 자주 일어나게 되면 말이 없어지는데 특히 남성에게 많습니다. 여성은 맘에 들지 않는 일들을 전부 말로 표현할 수가 있습니다. 이런 것이 맘에 들지 않고 저런 점이 맘에 들지 않는다고 전부 이야기하는 게 여성의 특성이지만, 그런 성격을 지닌 남성은 소수입니다. 불끈 화가 치밀면 말을 듣지 않습니다.

그러나 남편이 일주일 동안 말을 듣지 않더라도 부인 이 여느 때와 같이 말을 걸고 이야기하는 경우는 아직 좋은 상태입니다. 하지만 부인도 정나미 떨어지게 '그쪽이 그렇다면 이쪽도 할 수 없지' 하고 양쪽 다 말이 없어지면 매우 어렵게 됩니다. 대화의 실마리가 완전히 사라지게 되기 때문에 상대에 대한 불만이 소용돌이쳐 서 불신감이나 원한이 점점 증폭되는 악순환을 불러옵 니다. 가볍게 저항하려던 것이 점점 커져서 비극적인 결과가 되는 일이 비일비재합니다.

오해에도 여러 가지 경우가 있습니다. 이 책의 주제 는 남녀의 차이와 부부관계입니다. 잘 연구해 보면 남 녀에게는 상당한 차이가 있다는 것을 알게 되었습니 다. 충격적인 것은 서로를 너무나 몰랐구나 하는 사실 입니다.

우리는 상대를 잘 안다고 생각합니다. 전에 나가노에 서 강연할 때에

"우리는 40년이나 함께 살아온 베테랑 부부이기 때문에 할망구의 일이라면 다 알고 있습니다."

"나도 저 영감의 머리칼이 몇 가닥인지 다 안다우."

이렇게 자신하는 65~6세의 노부부를 만났습니다. 그런데 강연 후에 남편이

"여자는 남자와 많이 다른 것 같군요!"

라고 말했습니다. 부인도

"음— 남자들은 그렇게 생각하는군요."

라는 이야기를 했습니다. 우리는 안다고 생각하지만 사실은 모르는 것이 아주 많습니다.

예를 들면 이런 것이 있습니다.

여성측의 불만을 들어보면

"남편이 자신의 문제를 말해주지 않아요."

"남편이 무슨 생각을 하는지 잘 모르겠어요. 감정표현을 안 해요."

라는 원망을 자주 듣습니다.

더 자주 듣는 불만은 '자신의 말을 잘 들어주지 않는다'는 것입니다. 대부분의 여성은 이런 원망을 갖고 있습니다. 하지만 남편에게 물어보면 '그럴 리가 없어요, 지겨울 정도로 듣고 있어요'라고 말합니다. 여기서도 또 서로의 오해의 싹이 고개를 내밀고 있습니다.

한편 대부분의 남성이 가지고 있는 불만 중에 '모처럼의 휴일에도 아내가 남편의 취미에 어울려주지 않는다'는 것입니다. 일요일이나 연휴 때 '어딘가로 데려가는 일'이 가족에 대한 서비스로 생각한 남편은 산, 바다, 영화, 야구, 테니스, 볼링 등을 통해 가족에게 배려하고 있다고 생각합니다.

"이번 연휴에는 오랜만에 집에서 둘이 느긋하게 이야기합시다."라고 말하면 부인은 "만세!" 합니다. 그것

을 소망하기 때문입니다. 그러나 남편은 꿈에서조차 그
것이 아내가 만족하는 세계라고 생각하지 않습니다. 여
러 곳을 데려가 주면 아내나 자녀가 자신에게 사랑을
느낀다고 생각합니다.

해리 브로드라는 사회학자는 남성이 추구하는 친밀
감과 여성이 추구하는 친밀감은 다르다고 합니다. 남성
은 감정적인 친밀감을 함께 일하거나 놀면서 얻는다고
생각합니다. 여성은 아무리 여기저기 돌아다녀도 그것
만으로는 절대로 만족할 수 없다는 것입니다. 연휴 중
에 남편은 아내와 자녀를 데리고 산이나 바다로 드라이
브하느라 녹초가 되도록 서비스를 하면 충분하다고 생
각할지 모르지만 아내는 피곤하다는 말뿐입니다. 더이
상 무슨 불평을 하냐고 말할지 모르지만 아내는 흥미를
느끼지 못하는데, 이런 것을 남편들은 알기나 하세요?

아내는 남편이 자신의 이야기를 잘 들어주고 동정해
주며 이해와 칭찬을, 때로는 남편 자신의 일을 이야기
해주는 등의 커뮤니케이션이 이루어질 때 남편으로부
터 비로소 사랑을 확인하고 사랑받는다고 느낍니다.

즉 남자는 드라이브나 스포츠를 할 때에 아내가 옆에 있어주면 즐거워합니다. 그러나 여성은 마주 보고 이야기를 들어주기를 바랍니다. 이런 점이 남성과 여성의 차이라는 것을 알지 못하는 경우가 많습니다.

이 점은 남성이 이해하기 어려운 여성의 심리입니다. 남편은 바깥에서 스트레스를 받고 집에서 안식과 치유를 바라며 귀가합니다. 그런데 부인이 기관총과 같이 여러 가지 잔소리를 늘어놓으면 바로

"시끄러워! 집에서만이라도 조용히 해줘!"

하고 화를 내고 맙니다. 그러면 아내는 다시 스트레스가 쌓여 무정한 사람이라고 원망하게 됩니다. 왜 이렇게 되는지 나중에 자세히 설명하겠습니다.

6

상대방을 얼마나 알고 있는가

　우리는 서로를 얼마나 알고 있을까 하는 테스트를 해봅시다. 아래의 '내가 알고 있는 남편' '내가 알고 있는 아내'의 표의 공란에 당신의 대답을 기입해 보십시오. 시간은 20분입니다.

　그리고 정답을 알고 있는 사람은 남편 또는 아내입니다. 이것을 건네주고 OX를 채점란에 체크하십시오. O표 1개당 5점, 20문제이니까 100점 만점이겠죠.

그럼 시작하겠습니다.

1) 내가 알고 있는 남편(여성용)

질문	채점란
1 남편의 생일 　　　　월　　　　　　일 -----------------------------------	
2 두 사람의 결혼 기념일 　　　　월　　　　　　일 -----------------------------------	
3 남편의 구두 사이즈는? 　　　　　mm -----------------------------------	
4 남편이 좋아하는 음식 -----------------------------------	
5 남편이 싫어하는 음식 -----------------------------------	

6 남편이 좋아하는 TV 프로그램

7 남편이 좋아하는 노래

8 남편이 힘들어하는 지병

9 남편이 좋아하는 친구 이름

10 집안에서 남편이 원하는 것

11 남편이 가고 싶은 장소

12 자녀 문제로 남편이 제일 고민하는 일

13 회사 일로 남편이 고민하는 것

14 남편이 좋아하는 당신의 장점

15 남편이 싫어하는 당신의 단점

16 결혼 후, 당신의 행위 중에 제일 기뻐했던 일

17 남편이 당신에게 바라는 일

18 당신의 부모 · 친척 일로 남편이 고민하는 일

19 결혼 후, 남편이 제일 슬퍼했던 일

20 남편과 이혼하고 싶다는 생각으로 고민한
   적이 있나요?

2) 내가 알고 있는 아내(남편용)

질문	채점란

1 아내의 생일

      월   일

2 두 사람의 결혼 기념일

      월   일

3 아내의 구두 사이즈는?

      mm

4 아내가 좋아하는 음식

5 아내가 싫어하는 음식

----

6 아내가 좋아하는 TV 프로그램

----

7 아내가 좋아하는 노래

----

8 아내가 힘들어하는 지병

----

9 아내가 좋아하는 친구 이름

----

10 집안에서 아내가 원하는 일

----

11 아내가 가고 싶은 장소

----

12 자녀의 일로 아내가 제일 고민하는 일

13 가계에서 지금 아내가 고민하는 일

14 아내가 좋아하는 당신의 장점

15 아내가 싫어하는 당신의 단점

16 결혼 후, 당신의 행위 중에 제일 기뻐했던 일

17 아내가 당신에게 해주었으면 하는 일

18 당신의 부모 · 친척 일로 아내가 고민하는 일

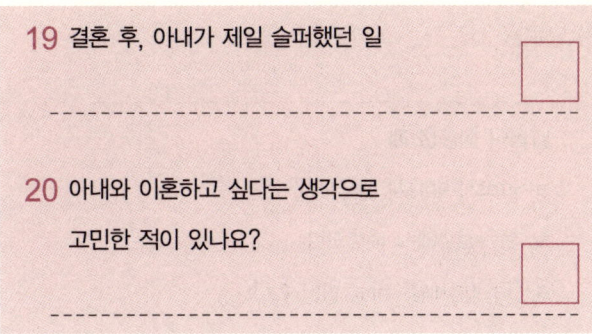

19 결혼 후, 아내가 제일 슬퍼했던 일

20 아내와 이혼하고 싶다는 생각으로
   고민한 적이 있나요?

* 90점 이상인 분은 훌륭합니다. 아마 평소 남편이 자주 이야기해 주는 분일 것입니다.
* 80점 이상인 분은 일단 합격입니다. 부부 사이도 비교적 좋습니다.
* 60점 미만인 분은 요주의입니다. 애정이 없는 것은 아니지만 더욱 상대방에게 관심을 가져야 됩니다. 커뮤니케이션이 원만치 못하면 상대방의 깊은 감정이나 고민을 모르게 됩니다.

그럼 여기서 서로 얼마나 애정을 가지고 그것을 표현하고 있는가를 테스트해 봅시다. 자기진단이므로 정직하게 대답해 보십시오.

이하 20가지 질문이 있습니다. a, b, c 중 한곳에 동그라미해주세요.

3) 남편을 사랑하는 애부도(아내용)

- -

1 남편이 외출할 때

  a, 반드시 밖에서 배웅한다.

  b, 현관입구에서 배웅한다.

  c, "다녀오세요" 하고 말만 한다.

2 남편이 귀가할 때

  a, 현관으로 뛰어나온다.

  b, 집안일을 멈추고 맞이한다.

  c, "돌아오셨어요"라고 말만 한다.

3 남편이 귀가하고 나서 10분간 어떠하셨어요?

  a, 집안일을 멈추고 묻는다.

  b, 집안일을 하면서 이야기한다.

  c, 집안일이나 아이를 우선한다.

4 남편의 친척이나 동료가 오면은

  a, 따뜻하게 환영한다.

  b, 일단 적당히 접대한다.

c, 바로 싫다고 생각한다.

5 남편의 생일에는

a, 매년 반드시 파티를 한다.

b, 가끔 파티를 한다.

c, 특별히 아무것도 안 한다.

6 남편이 일이나 친척 자랑을 하면

a, "대단해요" 하고 칭찬한다.

b, 무심코 듣는다.

c, 무심코 깎아내리고 싶다.

7 시부모에 대해서는

a, 자신의 부모라 생각하며 대한다.

b, 잘하려고 노력 중이다.

c, 별로 어울리고 싶지 않다.

8 쉬는 날 남편의 취미에 어울리는 경우가 있습니까?

a, 자주 어울린다.

b, 가끔 어울린다.

c, 좋아하지 않으므로 안 어울린다.

9 남편이 맘에 안 드는 일을 했을 때

a, 남편이 사과할 때까지 기다린다.

b, 가끔 불평한다.

c, 그 자리에서 비난한다.

10 가계가 어려워 남편의 월급으로는 생활이 어려운 상황
에 남편이 월급을 건네주었을 때

a, 감사하며 나중에 상의한다.

b, 어떻게 해달라고 말한다.

c, 바로 짓궂게 말한다.

11 남편을 칭찬할 때가 있습니까?

a, 좋은 점을 찾아 칭찬한다.

b, 칭찬이고 뭐고 안 한다.

c, 바로 비방하는 경우가 많다.

12 가족외출 시 운전하는 남편이 아내에게 묻지 않고 길을
잘못 들어 늦어졌다. 그 경우

a, "아빠 수고했어요."

b, "조금 늦어진 것 같네요."

c, "그래, 내가 말했죠!"

13 남편을 가장으로 세워주려고 합니까?

a, 항상 남편을 세워주고 있다.

b, 사람 앞에서는 세워주고 있다.

c, 아내 중심으로 움직인다.

14 가정의 주부로서 가사경영을 잘하고 있습니까(요리, 세
탁, 청소, 정리 등)?

a, 똑바로 하고 있다.

b, 그런대로 소화하고 있다.

c, 잘 하지 못하고 있다.

15 최근 3년 이내 남편에게 소리지른 적이 있습니까?

a, 자주 있다.

b, 1~2번 정도 있다.

c, 없다.

16 일상생활 중에 남편에게 "미안해요"라고 말할 수 있습니까?

　a, 항상 솔직하게 말한다.

　b, 가끔 말한다.

　c, 오기로 말하지 않는다.

17 남편이 바라는 여성다운 말투, 태도, 복장 등에 신경을 씁니까?

　a, 남편의 스타일에 맞추고 있다.

　b, 남편을 조금 의식한다.

　c, 하나하나 신경을 안 쓴다.

18 최근 1년 이내 남편 팔을 잡고 걸은 적이 있습니까?

　a, 몇 번이나 있다.

　b, 2~3번 있다.

　c, 없다.

19 성생활 면에서는 남편을 만족시키고 있다고 생각합니까?

　a, 만족시키고 있다.

　b, 그저 그렇다.

c, 불만일 거라 생각한다.

20 가끔은 엄마처럼 남편을 품어주고 때로는 딸처럼 남편
   에게 어린양부릴 수 있습니까?
   a, 양쪽 가능하다.
   b, 한쪽만 가능하다.
   c, 어느 쪽도 무리다.

3) 아내를 사랑하는 애처도(남편용)

1 아내의 헤어스타일을 바꾸었을 때
   a, 금방 알고 칭찬한다.
   b, 알지만 칭찬하지 않는다.
   c, 모르는 경우가 많다.

2 귀가가 늦을 경우는
   a, 반드시 전화한다.
   b, 가끔 전화한다.
   c, 전화를 전혀 안 한다.

3 귀가하면

  a, 아내를 찾아 말을 건다.

  b, 단지 "다녀왔어요" 하고 말한다.

  c, 아무 말도 안 한다.

4 출장에서 돌아와서, 오랜만에 만났을 때

  a, 아내를 포옹한다.

  b, "잘 있었어?" 하고 묻는다.

  c, "다녀왔어" 하는 말만 한다.

5 아내의 말은

  a, 매일 10분 이상 듣는다.

  b, 매일 10분 정도 듣는다.

  c, 가끔 듣는다.

6 직장에서 돌아오자마자 아내가 불평이나 바가지를 긁으면

  a, 동정해 준다.

  b, 일단 묵묵히 듣는다.

  c, 바로 화를 낸다.

7 자녀교육에 대해서

 a, 자신도 함께 몰두한다.

 b, 아내에게 자주 불평을 듣는다.

 c, 아내에 맡긴다.

8 아내의 생일에는

 a, 매년 어떤 선물을 한다.

 b, 가끔은 선물한다.

 c, 특별히 아무것도 안 한다.

9 두 사람 결혼기념일에는 아내에게

 a, 반드시 뭔가를 해준다.

 b, 가끔은 선물한다.

 c, 잊고 있는 경우가 많다.

10 장인장모에 대해서

 a, 자신의 부모라고 생각하고 챙긴다.

 b, 적당하게 어울린다.

 c, 그리 교류하지 않는다.

11 일상생활 중에 아내에게 "고마워" 하고 위로의 말을

   a, 자주 한다.

   b, 가끔 한다.

   c, 전혀 하지 않는다.

12 설거지나 세탁을

   a, 가끔 스스로 도와준다.

   b, 말할 때만 조금 도와준다.

   c, 일절 아내에게 맡긴다.

13 가족(아내나 자녀) 사진을,

   a, 항상 갖고 다닌다.

   b, 자신의 책상에 장식하고 있다.

   c, 특별히 아무것도 안 한다.

14 아내가 만든 요리나 도시락을 먹을 때 "맛있어"나 "조금 매운데"라는 상황이 닥쳤을 때

   a, 느낌을 자주 말한다.

   b, 아무 말도 안하고 먹는다.

   c, 맛없을 때만 말한다.

15 가계를 책임지는 가장으로서의 역할은

  a, 충분히 달성하고 있다.

  b, 거의 도움이 안 된다.

  c, 도움이 안 된다고 말할 수 없다.

16 최근 3년 이내에 아내에 큰소리 치거나 폭력을 쓴 적이

  a, 없다.

  b, 1~2차례 있다.

  c, 몇 번 있다.

17 최근 1년 이내에 아내의 손을 잡고 걸은 적이

  a, 몇 번 있다.

  b, 1번 있다.

  c, 없다.

18 결혼 이후 아내에게 사랑한다는 의미의 말을

  a, 월 1번 이상 말한다.

  b, 연 1번 이상 말한다.

  c, 거의 말한 적이 없다.

19 성생활 면에서는 아내를 만족시키고 있다고 생각합니까?

　　a, 아내를 만족시키고 있다.

　　b, 그저 그렇다고 생각한다.

　　c, 불만을 가지고 있다고 생각한다.

20 때로는 부친처럼 포용하고 때로는 아들처럼 아내에게
　　어리광부릴 수가 있습니까?

　　a, 두 가지다 가능하다.

　　b, 한 쪽만 가능하다.

　　c, 어느 쪽도 무리다.

채점방법과 자기 진단표

* a=5점, b=0점, c=마이너스 5점으로 계산하십시오.
* 20문제 모두 a라면 100점 만점으로 당신은 표창하고 싶은 최고
  의 남편·아내입니다.
* 모두 b라면 0점으로 보통의 남편/아내입니다.
* 모두 c라면 마이너스 100점으로 심각한 부부입니다.

그럼 결과는 어떻습니까.

70점 이상	➡	당신은 최고의 남편 · 아내!
50점 이상	➡	상대의 마음을 아는 분!
30점 이상	➡	사랑의 노력이 의문스럽다.
10점 이상	➡	한발 더 적극적이 되면!
−5점~5점	➡	적당한 두 사람
−10점 이하	➡	뭔가 만족스럽지 못함
−30점 이하	➡	서로 상당히 불만스럽다.
−50점 이하	➡	그냥 놓아두면 악순환으로.
−70점 이하	➡	이대로는 슬픈 인생.

어떻습니까. 해보고 가슴이 철렁하신 분도 있으시죠. 여기에 쓰여 있는 것은 최소한의 아주 기본적인 것입니다. 얼마나 상대방의 마음을 모르고 있는가를 느낀 분도 있을 것입니다. 안다고 생각하며 일생 동안 착각하며 살아가는 것도 슬픈 일이므로 이번 기회에 확실히 연구해 봅시다.

제2장

남녀의 차이와
결혼 생활

이 책의 주제인 남성과 여성의 차이와 그것이 부부 관계에 끼치는 영향에 대해서 생각해 보기로 합니다.

부부 사이가 원만치 못한 원인은 '이럴 수가' 하는 상대방에 대한 실망에서 시작됩니다. 부인 입장에서 보면,

"결혼 전의 남편은 친절하고 이야기도 잘 들어 주며 애정 표현도 잘해 주었는데 결혼 후는 전혀 아니다."

남편 입장에서 보면,

"전에는 아내가 자신을 항상 칭찬해 주고 그리워하며 어디라도 항상 함께 해주었는데 결혼하고 나서는 전혀 아니다."

이런 것부터 시작해 점점 실망감이 짙어지게 됩니다.

그러면 남편은 회사와 한몸이 되고 아내에 대한 기대도 거의 없어지게 되고 아내는 아이가 태어나면 아이만 돌보게 됩니다. 자녀교육은 정신적으로나 육체적으로 대단한 중노동입니다. 때로는 원망스러움에 '왜 나만 아이들에게 매달리는가, 남편은 왜 도와주지 않지?' 하는 기분도 듭니다. 자녀가 두 명, 세 명이 되면 아무리 견실한 여성이라도 정도의 차이는 있지만 일종의 육아 노이로제가 걸릴 정도로 힘듭니다.

그렇게 되면 피곤해지고 남편에게 신경 쓸 겨를이 없게 됩니다. 가끔 남편이 사랑의 사인을 보내더라도 피곤하다거나 설거지 또는 내일 아침 일찍 일어나야 한다는 등의 핑계로 응해 주지 않습니다. 그러면 남성은 점점 스트레스가 쌓이게 됩니다.

처음 만날 때는 기대감으로 가슴 두근거리는 봄날이 었고, 결혼할 때는 뜨거운 여름, 그러나 점점 가을 바람이 불기 시작하다가 지금은 찬바람 부는 겨울은 아닙니까.

이미 앞에서 말했듯 부부 사이가 원만치 못할 때 "이런 점이 싫으니까 고쳐주기 바래."라고 남편과 아내가 서로를 요구하기 시작하면 급속도로 험악한 관계가 되고 말죠.

두 번째의 원인은 부부간의 오해입니다.

자주 토라지는 부부는 상대방의 심리를 서로 잘 이해하지 못하고 있기 때문입니다. 상대방의 성격이라고 생각했던 것이 사실은 애당초 남성과 여성의 근본적인 차이에서 오는 경우가 적지 않습니다.

남성은 자신의 사고방식대로 생각합니다. 자신에게 이렇게 해주면 기쁘니까 아내에게도 똑같이 해주면 당연히 기뻐하겠지 하는 생각에 최선을 다했는데 아내는 전혀 감동하지도 않고 오히려 불만을 나타내면 그것을 본 남편은 이 정도로 잘해주는데 하고 또 다시 불만이 생깁니다.

여성도 같습니다. 자신은 남편이 이렇게 해주면 기쁘니까 남편에게도 똑같이 해주지만 남편은 기뻐하지 않을뿐더러 '뭐야, 이 사람 변했나' 하고 생각하게 됩니다. 그러나 이런 문제는 남녀의 생리학적인 차이에 대한 이해 부족에서 오는 경우가 많습니다.

지금부터 남성과 여성의 차이를 함께 생각해 보면서 부부관계가 어떻게 하면 어렵게 되고 어떻게 하면 좋아지는가에 대해서 고민해 보기로 합시다. 이번 장에서는 가정문제 연구가인 오규영(O Kyu Yong) 교수의 논문을 토대로 저자의 연구 체험을 가미하며 이야기를 진행하려고 합니다.

남녀의 생리적 · 심리적 차이

우선 남녀의 생리적 차이입니다. 의학적으로는 수태한 상태의 생명이 남자 또는 여자를 결정하는 것은 유전자입니다.

인간에게는 기본적으로 xx라는 염색체를 가진 사람과 xy라는 염색체를 가진 사람이 있는데 xx는 여성이 되고 xy를 가지면 남성이 됩니다.

남자아이가 성장하여 남성다운 체형을 형성하고 여자아이가 성장하여 여성다운 체형을 형성하는 것은 모두가 호르몬의 영향입니다. 남성 호르몬과 여성 호르몬이 분비됨으로써 남성과 여성의 성적 기관이나 체형까지 결정적으로 영향을 줍니다.

남성의 대표적인 호르몬은 안드로겐이고 여성의 대표적인 호르몬에는 에스트로겐이라는 것이 있습니다. 이 호르몬들의 운동으로 남자는 남성다워지고 여자는 여성다워집니다. 또 남녀 모두 그 호르몬 작용이 약하거나 강한 상태에 따라 사람의 성격이나 상태가 조금씩 다르게 됩니다.

물론 후천적인 환경에 따라 차이도 큽니다. 남성적으로 키워지느냐 여성적으로 키워지느냐에 따라서 말투나 태도, 몸짓, 걸음걸이에서도 크게 차이가 납니다.

남녀의 생리적 · 심리적 차이

구 분	남성	여성
생리 호르몬	안드로겐	에스트로겐
감각기관	시각 지향성, 후각 지향성, 객관적, 사물 감각	청각 지향적, 촉각 지향적, 주관적, 인격 감각
성향	공격적, 성공 지향적, 지배 성향, 객관적, 논리적	정서적, 관계 지향적, 시적 접근, 구체적, 직감적
대화	정보 수집에 관심, 지배 수단, 해결책 제시, 신뢰, 인정 받고 싶음	관계 유지에 관심, 관계 수단, 이해 요구, 공감, 이해 받고 싶음
성생활	충동적, 단기적	정서적, 장기적

✳ 오감에 있어서의 남녀의 차이

남성은 감각기관 중 눈과 코, 즉 시각과 후각이 민감하다고 합니다. 따라서 남성은 우선 제일 먼저 눈으로 자극을 받습니다. 여성의 용모, 분위기, 패션, 몸짓 등에 강하게 자극을 받고 또 남성은 후각으로도 영향을 받습니다. 예부터 모든 나라에서 향수를 사용해왔는데 대부분 여성이 사용했습니다. 무의식적으로 남성의 존재를 의식한 것입니다. 일본에서는 헤이안 시대부터 향을 피웠습니다. 향수는 두 가지 효과가 있는데, 한 가지는 본인이 싫어하는 냄새를 없애 주고 다른 한 가지는 향을 나오게 하는 효과가 있습니다.

최근 화제가 되고 있는 페로몬(Pheromone)은 화학적으로는 분석하기 어렵지만 어떤 종류의 냄새와 같은 것입니다. 남성이 갑자기 어지러워지면서 끌리는 분위기를 가진 여성이 있습니다. 그런 매력을 갖고 있는 사람을 페로몬 여배우라고 하기도 합니다. 그렇게 흐물흐물해지는 물질이 페로몬입니다.

의학적으로도 이 작용은 확실히 증명되고 있습니다. 동물계에서는 발정기에 이른 암컷이 풍기는 냄새를 민감하게 탐지하여 수컷이 구애 행동을 합니다. 그 중에서도 암컷의 털에서 방출하는 성 페로몬은 유명한데, 수컷은 공기 중에 떠다니는 성 페로몬의 분자를 감지하여 수킬로미터 떨어진 장소에서도 암컷을 찾아 모여듭니다(아라이 준텐도 대학 교수의 「남과 여의 뇌를 찾아서」에서). 인간도 이 점에 있어서 동물처럼 사춘기에 접어들면 이성에 강하게 끌리게 됩니다.

또 기학(氣學)으로 말하면 남성은 여성의 기를 받아 건강과 장수를 지키고 여성은 남성의 기를 받아 건강과 젊음을 지킨다고 말합니다.

일본에서는 예부터 색향(여성의 매력)과 색기(여성다운 매력)라는 말이 있습니다. 남성이 여성에게 전혀 페로몬을 느끼지 못한다면 그것은 이미 남성을 유혹하는 힘, 즉 여성으로서의 매력이 없어졌다는 것입니다.

물론 남성에게도 마찬가지로 여성으로 하여금 끌리게 하는 매력이 있을지도 모릅니다.

그럼 다시 본론으로 돌아가 볼까요. 다른 한편으로 여성은 청각과 촉각, 즉 귀와 피부가 민감합니다. 따라서 여성은 남성이 속삭이는 부드러운 사랑의 밀어에 민감하고 또 피부 감각도 남성보다 훨씬 민감하다고 합니다. 때문에 남편이 애정어린 말과 함께 육체를 부드럽

게 애무해 주면 기분이 좋아지고 사랑을 느끼게 되는
것입니다. 또 여성은 감성적인 경향이 강하여 아름다운
음악이나 감미로운 말 그리고 부드러운 촉감이나 분위
기를 좋아합니다. 이런 것은 남성들도 꼭 알아두어야
할 내용입니다.

✳ 성향(기질)의 차이

남성의 성향은 공격적이고 성공 지향적입니다. 남성
은 업무상의 목표를 성공시키기 위해 대단한 정열을 불
태우는 경향이 있습니다. 그에 반해서 여성은 감성적이
고, 사업 자체의 성공이나 목표달성보다는 상사나 동료
와의 관계 또는 남편과의 관계를 잘 유지하려는 관계
지향형입니다.

남성은 상대가 자연이든 인간이든 상대를 컨트롤하
려 하는 지배욕, 주관욕이 매우 강한 특징이 있습니다.
여성은 자연이나 인간에 대해서도 시적으로 접근하여

로맨틱한 관계를 가지려고 합니다.

성격적으로는 남성이 사물을 객관적으로 보려고 하는 데 반해 여성은 구체적이며 직감적으로 사물을 파악하는 차이가 있습니다. 그래서 남성은 논리적이고 여성은 직감적입니다.

그리고 남녀의 사고에도 차이가 있습니다. 남성은 업무에 열중하여 목표를 이루는 게 처자식에 대한 사랑이라고 생각합니다. 계장보다는 과장, 부장, 전무… 계속 승진하기 위해 전력 투구합니다. 남성은 이렇게 목표를 추구하는 데서 보람을 느끼고 뭔가를 성공하게 되면 처자식이 기뻐해 준다고 무의식적으로 생각하는 것입니다. 그래서 업무에 몰두하고 성공하려고 하는 것입니다. 작은 것에는 그리 신경을 쓰지 않고 큰 것만을 처리하려고 합니다.

그러나 여성은 남편의 업무적인 성공보다는 남편과의 관계를 중시합니다. 그래서 남편이 과장에서 부장으로, 부장에서 중역이 된 것 자체는 기쁘지만 그로 인해 바빠지게 되어 자신과의 대화 시간이 없어지고 함께하는 시간이 짧아지게 되면 여성은 조금도 기쁘지 않습니다. 여성은 남편과의 관계를 느슨해지지 않도록 하기 위해 항상 긴장합니다. 이처럼 남성과 달리 여성은 늘 남편과의 마음의 거리에 관심이 있는 것입니다.

대화의 방법에 있어서의 차이

1) 용건이 있어야 이야기하는 남성

특히 남성과 여성간의 차이가 눈에 띄는 것은 대화를 파악하는 방법입니다. 남성이 이야기할 때는 목적과 용건이 확실하기 때문에 결론을 서두릅니다. 또 남성의 대화는 정보수집형이고 항상 뭔가를 알려고 이야기합니다.

남성은 언어를 지배의 수단으로 생각합니다. 즉 이야기를 통해 상대방을 설득하고 자신의 사고방식을 받아들이게 하려고 합니다. 용건을 명확히 전달하고 상대를 납득시키려고 생각합니다. 어떤 사람이 뭔가를 물어오

고 말을 걸어오면 바로 그것
을 "아아— 이 사람은 동
의를 구하려 하는구나."라고 생각합
니다. 자신에게 해결책을 구한다고 생각하고
"제 생각은 이렇습니다."라고 말합니다. 이야기
를 통해 자신의 신뢰를 얻고 싶어하고 인정을 받고 싶
어하는 성향이 있습니다.

하지만 여성은 그런 대화를 원하지 않습니다. 대화는
상대와의 관계를 유지하거나 또는 보다 좋은 관계를 쌓
기 위한 것이라고 생각합니다. 관계를 유지하기 위한
수단으로 생각하기 때문에 중요시합니다. 남성이 보면
그다지 의미가 없는 것 같은 것도 오랜 시간 전화로 이
야기합니다.

예를 들면 이런 경우가 있습니다. 방금 전에 여자친
구와 사흘간의 여행에서 돌아온 후에도 다시 그 친구와
전화통화를 합니다.

"○○니? 도착했니? 조금 전에 말야…"

이런 대화가 20분이나 계속됩니다. 남편으로서는 도저히 이해가 안 가는 부분이죠.

"당신들 사흘 동안 주욱 같이 여행하고 돌아다녔잖아."

그러나 여성은 용건이 있어서가 아닌, 요컨대 이야기를 즐기고 있는 것입니다. 또 여성이 대화하는 경우는 이해하기 바라거나 공감을 얻고 싶다는 기분에서입니다. 기쁘거나 슬픔 또는 분한 생각을 함께 공감해 주기를 바라는 마음은 친구관계나 부부관계에서도 같습니다.

이와 같은 대화 한가지만 보더라도 판단 방법에 있어서 남녀는 큰 차이가 있습니다. 이것을 모르기 때문에 생활 속에서 큰 비극이 자주 발생합니다. 나중에 자세히 설명하겠습니다.

그리고 대화의 태도에도 차이가 있습니다. 조금 전에 말했듯이 남성은 대화할 때에 정보 수집에 중점을 둡니다. 예를 들면 남편이 회사에서 돌아와 가장 먼저 하는 말이 무엇입니까.

오늘 하루 재미있었냐고 묻는 남편은 거의 없습니다. 대개의 남편이 "오늘 무슨 일 없었어?" 하고 우선 정보 수집부터 하려 합니다. 이것은 어떤 의미에서는 남성의 의무이기도 합니다. 남편은 가정의 이상 여부를 물은 다음 이상 없다는 확인을 하면 안심한다는 것입니다.

2) 대화를 통해 공감대를 얻고 싶은 여성

여성이 실제로 원하는 대화는 부드러운 말투에 자상한 이야기입니다. 여성은 남편과 대화하는 것은 남편과의 관계를 유지하고 싶기 때문이며 대화는 그 수단이라고 생각하고 있습니다. 그래서 밖에서 녹초가 되어 돌아온 남편을 붙잡고 이방 저방을 따라다니며 이야기하려고 합니다.

저도 최근 수년간 혼자 발령을 받아 가족은 오이타, 저는 도쿄에서 혼자 살았기 때문에 집에 돌아가는 것은 월 한 번 정도였습니다. 그렇게 되면 당연히 아내는 하고 싶은 이야기가 산처럼 쌓여 있습니다. 그래서 집안 일을 하거나 차 안에서도 계속 이야기를 합니다. 밤이 되어 나는 피곤해서 몽롱한 의식으로 눈을 감고 있어도 옆에 앉아서 이러니 저러니 여차여차한데 어떠냐고 말 하는 것입니다. 그만큼 들어주기 바라는 일이 많이 있 는 것입니다. 물론 용건도 많겠지만 이렇게 이야기를 하면서 이해나 공감을 바라는 것이겠죠.

아내는 하루를 지내면서 여러 가지 느낀 일을 남편에 게 이야기하고 남편이 공감해 주기를 바라는 것입니다. 즐겁고 기뻤던 일, 슬프고 분했던 기분을 이해해 주기 를 아내는 바라는 것입니다. 남성이 이것을 어느 정도 이해하지 못하면 가끔,

"시끄러워! 피곤해."

하고 큰소리치며 화를 내게 되고 그러면 여성은 거부당 하게 되니까 또 스트레스가 쌓입니다. 그런 것부터 기 분이 나빠지게 됩니다. 남성은 이런 경우 여성의 심리

를 모르면 잘 지낼 수가 없습니다.

3) 집안의 경찰

여성도 남성을 배려해야 합니다. 남편은 밖에서 세상
과의 싸움에 지쳐서 피곤한 상태로 돌아옵니다. 가정에
서 위로받고 쉬기 위해서 돌아오기 때문에 우선은 모든
것을 받아들이고 편안하게 해주는 배려가 필요합니다.

언젠가 어떤 남자의 탄식을 들은 적이 있습니다. 집
에 돌아와 상의를 벗자마자 툭 놓으면,

"당신 이게 뭐예욧! 옷걸이에 걸어요."

라고 하고 또 양말을 벗어놓으면,

"세탁물은 세탁기에 확실히 갖다 넣으세요."

라고 지적한답니다.

가방을 툭 하고 놓으면,

"또 그런 곳에 놓네! 정해진 곳에 잘 놓아요!"

한답니다.

자, 이렇게 되면 어떤가요. 집안에까지 시끄러운 경찰이 있어서,

"삐—익, 당신, 거기 놓으면 안 돼요!!"

라고 말하는 경우와 같습니다. 지금까지 세 번 위반했으니 용돈을 줄이겠다고 딱지 떼는 부인도 있다고 합니다.

남성쪽에서 보면 "제발 용서해줘!" 하는 마음이 되고, 집안에서 안식과 위안을 전혀 얻지 못하고 맙니다.

남편에게 있어 일의 세계는 회사에서나 직장에서나 긴장감의 연속입니다. 실패가 용서되지 않는 치열한 싸움의 세계입니다. 상사에게 불만이 있어도 꾹 참아야 하고 일이 힘들어도 완수해야 하기 때문에 많은 스트레스가 쌓입니다. 그런 상황에서 피곤한 몸으로 돌아오기 때문에 적어도 집에서만큼은 편하게 쉬고 싶고 자신의

짐을 벗어던지고 싶어합니다. 편안하게 보이니까 경우에 따라서는 칠칠치 못하게 보일지도 모릅니다. 물론 자녀 교육을 생각하면 집안에서도 현명하게 처신하면 좋겠지만 이런 점은 아내의 배려가 필요합니다.

✳ 성생활에 있어서의 남녀의 차이

또 성생활 면에서도 남성과 여성은 접근 방법이 다릅니다. 일반적으로 남성은 성적 욕구는 일반적으로 여성보다 강하며 본능적이고 충동적입니다. 그에 반해서 여성은 더 감성적으로 접근합니다. 쾌감의 정도도 시간에 따라 조금씩 차이가 납니다.

좀더 자세히 설명하면, 성생활에 있어서 남편이 아내에게 바라는 것과 아내가 남편에게 바라는 것은 상당히 다릅니다. 남성은 성행위 자체가 아내에 대한 애정표현이라고 생각하는 경우가 많고 충동적이고 성급한 점이 특징입니다.

그러나 아내에게는 우선 따뜻한 애무와 함께 부드러운 사랑의 밀어가 필요합니다. 그러면 아내는 남편의 사랑을 느끼며 마음의 문을 열고 그리고 나서 육체의 문을 열게 됩니다.

이렇게 각자 순서가 있다는 것을 알아야 합니다. 남성과 여성은 상당한 차이가 있다는 것을 모르면 부부관계가 순탄치 못하고 어렵게 됩니다.

아내는 우선 남편에게서 애정을 느끼지 못하면 자신의 몸을 상대에게 열어줄 기분이 사라집니다. 이것은 남성에게는 상당히 이해하기 어려운 점입니다. 여성에겐 무엇보다 우선 화기애애한 분위기와 애정어린 말이 필요하다는 걸 명심하세요.

한편 여성이 조심해야 할 점은 아이가 태어난 후에 모든 관심을 아이에게만 집중하면 남편이 가끔 사인을 보내도 무관심해지기 쉽습니다. 그러면 남편의 애정은 식어가고 나중에 깨달았을 때는 이미 남편의 마음이 멀리 떠나버리고 맙니다.

한번에 한가지밖에 못하는 남성, 멀티로 처리하는 여성

최근에는 뇌 연구가 활발히 진행되어 매우 발달되어 있습니다. 뇌 기능에서 오는 남성과 여성의 차이에 대해서 이야기하려고 합니다.

남녀의 차이는 언어 기능에서 현저한 차이를 나타냅니다. 남성은 언어를 지령하는 부분이 좌뇌의 앞뒤인 특정 부위로 정해져 있다고 합니다. 남성의 특징은 '한 방향 집중형'으로 사물을 하나하나 집중해서 처리해나가는 능력이 뛰어납니다. 그래서 대화할 때에도 단도직입적이고 논리적입니다. 조리있게 문제 해결을 할 뿐만 아니라 결론을 이끌어내는 추진력이 뛰어나며 사고가 깊습니다.

반대로 여성은 좌뇌뿐만 아니라 우뇌에도 언어를 지령하는 부분이 확실하게 정해져 있습니다. 그것도 좌 · 우뇌의 연결이 잘 짜여진 구조로 이루어져 있다고 합니다. 그래서 멀티로 얼마간의 일을 동시에 처리하는 능력이 있는 것입니다.

몇 년 전 베스트셀러가 된 「말을 듣지 않는 남자, 지도를 읽지 못한 여자」라는 책에 이런 내용이 쓰여 있습니다.

저 자신의 체험에서도 오랫동안 이해하지 못한 일이 있었습니다. 나와 그녀의 성격의 차이라고 단정한 적이 있었는데 연구해보니 사실은 남녀의 근본적인 차이라는 것을 알게 되었습니다.

예를 들면 우리집에 이런 일이 있었습니다. 지금 대학에 다니는 딸이 중학 시절에 항상 TV를 켜놓은 채로 공부를 하는 것입니다.

"TV 끄고 해라."

라고 하면,

"왜요?"

라고 반문하는 것입니다.

'뭐 혼자서 쓸쓸하니까 그러겠지'라고 생각했지만 고등학생이 되어도 항상 TV를 켠 채로 숙제나 시험공부를 하고 있었습니다.

"그만 TV를 꺼라. 고등학생이 되면 공부도 대충하면 안 되지."

라고 말하자 딸은,

"옛? 왜 TV를 꺼야 돼요?"
"집중이 안 되잖아?"
"별로 차이 없어요"
"안 그래. 집중될 리가 없지."

저는 그렇게 믿고 있었습니다. 아무래도 TV를 보면서 하기 때문에 집중이 안 될 거라고 생각했습니다. 저 자신이 그러니까 딸도 당연히 같을 것이라고 생각한 것입니다.

그런데 딸은 그런 대로 잘하는 편이었습니다. '이상도 하지 요즘의 아이들은 한가지 일을 하면서 동시에 다른 일을 하는 습관이 많다고 하더니 그런 것인가, 그렇지 않으면 딸과 나의 성격이 다른가?' 하고 생각했습니다.

또 아내도 여러 가지 능력을 가지고 있습니다. 이웃의 아줌마들이 놀러왔는데, 세탁물을 개면서 그 아줌마들과 이야기하는 것을 보고 아연했습니다. 두 사람과 동시에 이야기하고 있었습니다.

남자는 들을 때 확실히 듣고 난 후 이야기할 때는 이야기를 합니다. 다시 말하면 내가 말을 할 때에 상대방이 말을 하면 "잠깐만 우선 내 말을 들어줘."라고 말합니다. 그러나 여성은 쌍방이 동시에 아무렇지 않게 이야기를 하더라도 이해를 잘합니다. 요컨대 이야기하는 것과 듣는 것을 동시에 할 수 있는 것도 뇌 기능의 차이라고

합니다.

이것만으로도 경탄할 만한 일이지만 더욱 놀라운 것이 있습니다. 어느 날 TV를 켠 채로 이웃 친구와 이야기를 하고 있었습니다. 내가 TV를 끄자,

"앗, 왜 꺼요?"
"당신 안 보잖아."
"보고 있어요!"
"…? 설마…."

내가 나중에 물어 보았습니다.

"당신 다른 사람과 이야기하면서 TV 내용도 다 알수 있어요?"
"그럼요."
"그럼 오늘 드라마의 줄거리를 말해봐요."

라고 말하자,

"이렇게 하고 저렇게 되어 이렇게 되었어요."

라고 말하는 것입니다.

헤— 하고 놀랐습니다. 남성인 내가 보기에 경이로울
정도로 이야기의 흐름을 확실히 파악하고 있었습니다.

남성 여러분, 어떻습니까? 대다수의 남성에겐 대개
그런 능력이 없습니다.

내가 TV를 보고 있을 때 아내가 어떤 말을 하면 대
답을 안 하는 것이 보통입니다. 또 아내가,

"아까 말했잖아."

라고 말하더라도,

"못 들었어."
"말했어요."
"들은 적이 없어."

하고 입씨름을 할 때가 많습니다.

　그런 저를 보고 아내와 딸이 자주 웃은 적이 있었습니다.

　"정말 아빠 웃기네, TV를 보면 아무 말도 없어진다니까."

라고 말입니다.

　때문에 저와 아내의 성격이 다르다고 생각했지만 사실은 근본적인 남녀의 차이에서 오는 문제라는 것을 알고 명예회복을 할 수가 있었습니다. 남성은 한번에 한 가지밖에 할 수 없는 것입니다.

　그렇게 생각해 보면 여성이 운전하고 있을 때 이야기를 하더라도 하나의 뇌가 이것을 하고 다른 뇌가 운전을 하기 때문에 그리 지장은 없을지도 모릅니다. 그러나 남성이 운전 중에 여러 가지 말을 하는 것은 생각해볼 문제입니다. 단지 흘러들어도 되는 이야기라면 괜찮지만 "당신 어떻게 생각해? 어때요?" 등의 대답을 요구하거나 심각한 이야기는 금물입니다. 물으면 반드시 대답을 해야 한다고 생각하는 것이 남성이기 때문에 의식이 바로 머리로 갑니다. 그러면 손은 아무 생각 없이 작동하여 빨간 신호에도 달리고 맙니다.

"어머, 뭐해요! 위험해요."

그러면 남편은 화를 내며,

"뭐야! 당신이 말을 거니까 그래. 시끄러워!!"

이렇게 됩니다.

이런 점에서 남성과 여성의 차이가 있게 되고 여기에서 교훈을 발견합니다. 남성에게 동시에 이것저것 부탁했는데 그 부탁을 못 들어 주는 것을 보고 '내 남편은 안 돼' 하고 바보 취급 하면 안 됩니다. 남편만의 능력

이나 성격이라고 생각할지 모르지만 사실은 남성의 특
징인 것입니다.

여성은 이야기하면서 동시에 여러 가지 일 처리가 가
능합니다. 남성이 보면 엉터리고 우주인으로 보일지도
모르지만 그러나 이것은 신이 준 특수한 능력입니다.

2

상대방에 대한 기대의 차이

더욱 상대방에게 기대하는 것

상대방에 대한 기대도 남녀가 상당히 다릅니다.

남편이 기대하는 것과 아내가 기대하는 것은 무엇일

까요?

남편이 아내에게 기대하는 것

① 항상 매력 있는 아내

② 성적 욕구를 채워 주는 아내

③ 휴일에는 함께 어울려 주는 아내

④ 내조해 주는 아내

⑤ 자신을 칭찬해 주고 격려해 주는 아내

 아내가 남편에게 기대하는 것

① 경제적인 욕구를 채워 주는 남편

② 이야기 상대를 해 주는 남편

③ 사랑을 주는 남편

④ 숨김없는 정직한 남편

⑤ 누구보다 자신에게 깊은 관심을 표해 주는 남편

그러면 여성에 질문하겠습니다.

"남성이 아내에게 기대하는 것을 다섯 가지 들었습니다만, 이 중에 결혼한 남성이 아내에게 제일 바라는 것은 무엇일까요?"

지방강연 때에 같은 질문을 참가자에게 하면 대개 마지막으로 '자신을 칭찬해 주고 격려해 주는 아내'에 손을 드는 여성이 제일 많았습니다.

그러면 남성은 어떻게 생각할까요. 예외도 있겠지만 세계적인 통계에는 두 번째 '성적인 욕구를 채워 주는 아내'입니다. 일반적인 남성의 본심입니다.

결혼하면 남성은 무엇을 바라는가? 남성은 성생활을 통해서 애정을 확인하고 싶고 사랑해 주고 싶은 것입니다. 이런 점을 여성은 거의 이해하지 못합니다. 다시 말하면 이런 남성의 기본 욕구를 여성은 이해하지 못하는 것입니다. 그래서 남편이 부부관계를 요구해도 여성은 거부하면서 '이래 주었으면, 저래 주었으면' 하며 거부

합니다. 그러면 남성은 도저히 응해줄 기분이 안 되고, 그래서 계속 스트레스가 쌓이는 것입니다.

서구의 남성은 확실하게 불만을 말하지만 동양의 남성들은 보수적이기 때문에 그런 말은 잘 못합니다. 그러나 기분이 나빠지면 그 불만이 여러 형태로 나타나고 퉁명스럽게 되거나 말을 듣지 않게 됩니다.

"왜 저 사람은 저렇게 잔뜩 화나 있을까?"
"말을 할 때마다 빈정거리는 이유가 뭘까?"

아내는 도저히 이해할 수 없는 것입니다.

그럼 다음은 남성에게 질문하겠습니다. 조금 전에 열거한 다섯 가지 중에 아내가 가장 바라는 것은 뭘까요.

대답은 많은 남성의 생각과는 달리 ③번 문항의 '사랑을 주는 남편'입니다. 태도와 언어로 애정을 항상 표현해 주고 사랑을 주는 남편이기를 바랍니다. 사랑에 대한 견해도 다릅니다. 남성은 구체적으로 안아 주고 사랑해 주는 것이 애정표현이라고 생각합니다. 자신이 그렇게 생각하니까 여성도 같다고 생각하지만 여성은 반드시 그렇지만은 않습니다. 섹스해 주었으니까 남편이 자신을 사랑한다고 생각하느냐 하면 그렇지는 않습니다.

동정어린 말과 부드러운 행동, 그런 것이 없으면 애정을 느끼지 못합니다. 그런 부드러움이나 애정표현을 하지 않은 채 갑자기 몸만을 요구하면… 자신의 욕구만을 채우려고 아내의 몸을 요구하는 것이 아닌가 하고 매우 싫어하고 반발합니다.

그렇다고 거부하면 남편과의 관계가 험악해지니까 할 수 없이 응해 주는 경우가 많습니다. 그러므로 남성과 여성의 기대의 차이를 어느 정도 인식하고 서로간의 이해가 필요합니다.

남성은 곧바로 아내와 한몸이 되기를 요구하지만 그 전에 반드시 애정표현을 하지 않으면 안 됩니다. 위로의 말이나 부드러운 포옹 등 애정표현을 하지 않으면 안 됩니다. 예를 들면 함께 레스토랑에 가서 맛있는 식사를 하거나 거기까지 가지 않더라도 식탁에 둘러 앉아 부부가 로맨틱한 대화를 하면서 차를 마시는 것도 좋습니다. 그래서 아내의 이야기를 잘 들어 주고 공감해 줍니다. 그러면 남편을 받아들여도 좋다는 기분이 됩니다. 이런 점을 남성이 잘 모르기 때문에 성급하게 굴게 되고 결국 아내는 남편을 거부하게 됩니다.

한편 여성이 이해해야 할 점은, 결혼 생활에서 남성은 성생활에 큰 비중을 둡니다. 그리고 여성은 자신의 기분만으로 여러 가지 이유를 들어 거부하곤 합니다. 그러면 남성은 스트레스가 쌓여 불쾌해지게 됩니다.

'나의 애정을 받아 주지 않는구나… 나를 사랑하지 않는 게 분명해.'라고 받아들여 애정이 급속히 식게 되는 경우가 있습니다. 그런 느낌의 차이를 서로 이해한다면 잘 지낼 수 있지 않을까요.

*여가를 보내는 법

다음은 여가를 보내는 법입니다. 이것도 남성과 여성이 기대하는 내용이 크게 다릅니다. 남자는 함께 등산을 하고 스포츠, 영화를 같이 보고 싶다고 생각합니다. 또 어딘가를 데리고 가면 아내는 즐거워할 것이라고 생각합니다. 물론 젊은 시절은 함께 어울려 주고 함께하는 자체가 즐거움이고, 특히 연인 시절은 더 그럴 것입니다. 그러나 부부가 되면 그만큼 신선미도 없어지고 데리고 돌아다녀도 피곤하기만 합니다. 거의 이야기도 들어 주지 않게 되고 시시하며 만족스럽지 않습니다. 그래서 혼자 가라고 하면서 어울려 주지 않게 됩니다.

그렇게 되면 또 남성은 재미가 없고 혼자서 취미생활을 하더라도 쓸쓸합니다. 함께 즐기는 상대가 필요하게 됩니다. 아름다운 경치를 보고 "야— 경치 좋다." 하고 말해 주는 상대가 필요합니다. 아무리 맛있는 음식이라도 혼자서 묵묵히 먹는 것은 외로운 일입니다. 부인이나 아이 또는 친구가 옆에 있어서 즐겁게 먹으면 그 맛이 배로 증가합니다. 그렇지만 거의 어울려 주지 않으면 불만이 생깁니다.

예를 들면 시내에 사는 어떤 가족의 일입니다. 연휴가 가까워져 남편은 가족 서비스를 해야 한다는 생각으로 가족에게 제안했습니다.

남편 "이번 연휴에 어디 갈까?"

아들 "나는 디즈니랜드!"

딸 "나는 바닷가!"

아내 "음, 그렇게 멀리 가지 말고 가까운 곳이 좋지 않아?"

남편 "어쨌든 어디론가 가봅시다."

아내 "그럼… 온천이 좋아, 피곤하니까."

아내는 별로 내키지 않아합니다. 남편은 그 이유를 잘 모릅니다.

남편은 비록 피곤하지만 아내와 가족을 기쁘게 하기 위해서 드라이브 운전을 맡았습니다. 도착하자마자 운동을 하고 산책도 하며 시간 보내는 데 풀가동했습니다. 이만큼 시간과 비용을 들여 하루를 서비스했기 때문에 틀림없이 감사할 것이라고 생각하며 집에 돌아왔습니다. 그러나 아내는 "아— 피곤해." 하고 푸념하며 그리 만족한 것 같지는 않습니다.

남편과 아내 모두 여가를 함께 유익하게 보내고 싶은 욕망은 있지만, 사실은 남성이 바라는 것과 여성이 바라는 것이 다른 경우가 많습니다.

남자는 자극적인 것을 추구하기 때문에 어딘가 다른 곳에 가서 뭔가 다른 것을 보고 운동을 하면서 아내가 옆에 있으면 만족하게 됩니다. 거기서 남편의 기분대로 바쁘게 뭔가를 보고 돌아다니면서 시간을 전부 소비시키는 것으로 만족스러운 하루가 됩니다.

하지만 대부분의 여성은 그런 것으로 결코 만족하지 않습니다.

같은 드라이브를 가더라도 목적지에 닿을 때까지 차 안에서 열심히 아내의 이야기를 들어 주고 맞장구를 쳐 주기도 하며 기뻤던 일, 분했던 일에 공감해 줍니다. 또는 아이들은 자유스럽게 놀게 하고 부부가 나무 그늘에 앉아서 진지하게 이야기를 나주고 아름다운 경치와 함께 커피를 마시면서 로맨틱한 시간을 배려해 주면 아내는 남편의 애정을 느끼고 기뻐하게 됩니다. 그런 대화 시간도 없이 단지 분주하게 돌아다니는 것만으로는 조금도 만족할 수 없습니다.

여성은 멀리 드라이브하는 것보다 가까이서 이야기 하고 싶어합니다. 그런 편이 여성을 훨씬 만족스럽게 하는 것입니다. 물론 멀리 나가는 것도 좋지만 대화할 수 있는 여행이라면 OK입니다. 요컨대 대화 가능한 이벤트라면 즐거운 것입니다. 그러나 대화 없이 돌아다니는 여행은 거절합니다. 피곤하니까 집에 있는 것이 좋다는 것입니다. 여기서도 남녀의 차이가 있습니다.

여러분 가정은 어떻습니까?

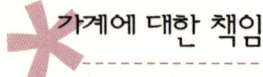

다음은 경제능력에 관한 것입니다.

남성은 결혼한 다음날부터 평생 풀 수 없는 무거운
짐을 등에 지게 됩니다. 그래서 일생을 그런 중압감에
계속 시달리며 살아갑니다. 이것은 가족을 부양하는 대
들보로서 아내와 자녀에게 비참한 느낌을 주지 않으려
는 사명감이며 책임감입니다. 이것은 여성이 모르는 남
성의 세계입니다.

"그렇지 않습니다. 저도 직장에 다니고 있어요."라고
말하는 여성이 있을지도 모르지만 역시 중압감의 질이
다릅니다. 그 증거로 여성이 직장을 그만둔다고 하더라
도 그렇게 많은 갈등은 없습니다. 그러나 남성에게는
경영 불안이나 회사의 도산, 해고, 좌천, 전직하는 것이
얼마나 심각한지 아십니까? 간단하지 않기 때문에 매
우 고민합니다. 왜냐하면 그로 인해서 수입이 좌우되고
자신의 책임을 완수할 수 없기 때문입니다. 남편은 가
족의 의식주 비용, 의료비, 자녀 교육비, 자동차 유지비

부터 레저 비용까지 모든 면에서 가족이 어렵게 되거나 비참하게 해서는 안 된다는 생각이 본능적으로 강합니다. 그래서 어떻게 하든 일을 우선하게 되고 열심히 일하는 자체가 아내에의 사랑이라고 당연하게 생각하는 남자가 많습니다.

남성에게 있어 일의 무게가 얼마인가 하면 해고 또는 사업 실패, 많은 빚을 진 경우, 업무상의 책임에서 죽음을 선택하는 것에서 알 수가 있습니다. 거품경제 붕괴 후 일본에서는 이러한 원인으로 가장들의 자살이 증가하고 있습니다.

여성이 보면 '왜 제멋대로 자살할까? 가족도 생각해야지'라고 생각할지도 모릅니다. 그러나 남성에게는 그만큼 부담감이 큰 것입니다. 여성이 업무상의 책임을 지고 자살하는 경우는 거의 없습니다. 그런 의미에서 아내는 남편의 일 상태나 사정에 대해서 관심을 가지고 들어보는 것이 중요합니다. 그래서 정말로 남성이 고민하고 있을 때를 포착하여 정신적인 지주가 되어 주어야 합니다.

　그러나 여성은 궁극적으로 사랑으로 사는 세계가 있고, 그 점에서는 남성의 이해를 초월한 세계가 있습니다. 사랑스럽고 그리운 남성이 세상을 떠난 후에 뒤를 따라 죽으려고 하는 경우가 있고 반대로 믿었던 남성이 배신했을 때 죽음을 선택하는 경우도 있습니다. 여기서도 남녀가 다른 특성을 보입니다.

　그러므로 남성이 조심할 것은 일에 열중한 나머지 아내의 마음의 공허를 알지 못하는 경우가 있습니다. 아내는 남편이 아무리 출세하더라도 자신을 거의 챙겨 주지 않게 되면 결코 만족할 수 없습니다. 친절하지도 챙겨 주지도 않으면 '이 사람이 나를 사랑하는 것일까?'라는 생각이 강해져 점점 불만이 쌓입니다.

✱ 생활 속에서 나타나는 남녀의 차이

1) 남자는 일, 여자는 자녀의 일이 머리에서 떠나지 않는다

남녀의 차이라고 하면 생활 속에서 많이 경험합니다.

가족이 모두 놀러 갔을 때조차 아버지가 가끔 먼산 바라보며 생각하는 것은 오로지 일입니다. 단 하루도 머릿속을 떠나지 않는 일, 이것이 남성의 숙명이며 특징입니다.

그러나 여성도 남성이 이해하지 못할 세계가 있습니다. 예를 들면 세미나에 참석했을 때도 여성은 항상 걱정하는 것이 있습니다. 무엇일까요? 바로 자녀 문제입니다.

'아이는 괜찮을까. 울지 않고 잘 놀까. 다치지는 않았을까?'

하는 걱정으로 마음을 놓을 수가 없습니다.

놀러 가거나 무엇을 하더라도 각자의 걱정이 있는데, 이것도 남녀의 근본적인 차이라 할 수 있습니다.

2) 들리는 소리도 다르다

우리집에서는 이런 일이 있었습니다.

요코하마에서 살고 있을 때의 일입니다. 이즈 오오시마 화산대가 있기 때문에 카나가와 현에서는 체감 지진이 자주 일어납니다.

어느 날 밤중에 지진이 일어났습니다. 몸이 조금 흔들거리는 느낌에 눈을 떴습니다. 벌떡 일어나 어느 정도의 지진인가 확인하려고 했습니다. 아내는 옆에서 푹 자고 있었습니다.

"여보, 지진이야 지진!!"

내가 두드려 깨워도,

"응, 뭐? 지진?"
"꽤 큰 지진이니까, 이쪽으로 피하는 게 좋겠어."

하고 안아 일으켜 책상 밑으로 밀어넣어도 아직 자고

있었습니다.

또 밤중에 창밖에서 버석버석 소리기 들리면 나는 눈이 번쩍 뜨입니다. 뭔가 이상을 느끼고 일어나서 창밖을 확인하는데, 이것은 남성의 본능일까요. 가족을 외부의 적으로부터 보호해야 된다는 책임감이 배어든 것 같습니다. 지금은 안전한 세상이 되었기 때문에 그런 능력은 상당히 퇴화되었을지 모르지만 역시 본능적으로 남아 있는 것이겠죠.

하지만 정반대의 일이 있습니다. 아이가 아직 어렸을 때의 일입니다. 밤중에 뭔가 시끄럽고 눈이 부셔서 실눈을 뜨자 아내는 이미 일어나서 아이를 돌보고 있는 것이었습니다. 저는 전혀 눈치 채지 못하고 쿨쿨 잔 적도 많지만 아내는 아기의 조그만 울음에도 눈을 번쩍 뜨곤 합니다. 이것은 남성이 흉내내기 힘든 여성의 본능이 아닐까요.

과학적으로 연구해보면 아기의 울음소리인 음파의 파장은 남성보다 여성이 잘 들을 수 있다고 합니다.

그러고 보면 남성과 여성의 능력에는 각각 확실한 특

징이 있습니다. 역시 부부가 함께 생활함으로써 전체의
조화를 이루는 것이겠죠.

 ## 맞벌이 시대의 부부의 위험

여성은 경제적인 면에서 남편의 능력을 기대하고, 남
편의 경제능력이 없어지면 남편을 가볍게 보게 되는데,
이것은 부부가 원만하지 못하는 큰 원인이 됩니다.

이혼에 이르는 경우를 보면 부인이 일을 하거나 수입
능력이 있는 경우가 많습니다. 부인의 수입 능력이 없
는 시대에는 참으면서도 살았지만, 최근에는 여성도 사
 회에 진출하여 경제능력이 있으면 무리해가
며 함께 살지 않아도 된다는 생각이 지배적이
고 이러한 환경이 이혼을 더 쉽게 만드는 일
면이 없지 않습니다.

특히 아내가 남편 이상의 수입이 있는 경우
남편에 대한 언행을 조심해야 합니다. 무의식

중에 거만해지며 남편을 깔보게 되면 남성의 자존심에 결정적으로 상처를 주게 됩니다. 그래서 권위를 잃지 않으려고 서슬 퍼렇게 소리치고 마음의 적적함을 해소하기 위해 알코올에 의존하게 되는 경우가 많습니다.

왜냐하면 남성은 가족을 부양하고 지키며 보호하려는 감정이 강합니다. 그런 점에서 아내에게는 지고 싶지 않은 것입니다.

그래서 경제 능력이 역전되고 나서 한마디 야유라도 하면 '이제 내가 필요 없게 되었어' 하고 느끼며 급속히 차가워지는 것입니다. 그런 때야말로 현명한 아내는 남편을 높여 주고 "당신이 있으니 많은 도움이 된다."고 말합니다. 가족이 의지하고 신뢰하며 감사하는 것이 남자의 프라이드이고 생의 보람입니다.

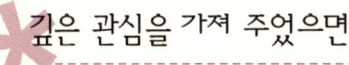

깊은 관심을 가져 주었으면

아내는 누구보다도 자신에게 깊은 관심을 가져 주기

를 바랍니다. 관심을 가져주면 사랑하고 있다고 느끼는 거죠. 그러나 남편이 일에 빠져 아내에게 관심을 가질 여유가 없어지는 경우가 많습니다. 특히 3, 40대로 들어서면 남성은 회사에서도 실무 중심의 포스트가 되어 업무에 몹시 분주하게 되는 경우가 많습니다. 현장 책임자가 되고 아침부터 밤까지 일, 일, 일만 외치다가 토요일도 출근합니다. 모든 것이 가족을 위한 것이라 생각하며 일을 하고 항상 머리에는 일밖에 없습니다. 그럴 경우 아내는 매우 외롭게 되고 방치하면 불만에 쌓여 방황하게 됩니다.

'남편이 내게 애정이 있는 것일까?'
'이 사람과 결혼한 것이 정말 잘한 일일까?'
'내 인생은 그저 밥만 짓는 아줌마로 끝나야 한단 말인가?'

라고 어쩔 수 없는 공허함에 사로잡히게 되는데 그때에 부부간의 위험이 닥칩니다.

중년부부의 애정에 균열이 생기는 것은 바로 이 시점에 두 사람의 정적인 관계가 원만치 못해 냉각되는 예입니다.

남편은 집에도 잘 들어오지 않고 자신에게 전혀 신경을 써주지 않으니까 공허합니다. 독신 시절은 세계가 나를 중심으로 움직인다고 생각했지만 40대를 넘으면 체력이나 용모에서도 쇠퇴감을 느끼고 갱년기 장해 등에 사로잡힙니다. 그때가 되면 여성은 '아아 — 나도 이제 늙었구나. 아아 — 내 인생은 무엇인가'라고 생각하기 시작합니다. 남편과의 관계가 매끄러운 것도 아니고, 자녀도 성장하게 되면 마음대로 안 되니까 결국은 홀로 서게 됩니다. 그저 매일매일 식사 준비, 세탁, 청소, 정리정돈에 쫓기게 되어 '인생이란 무엇인가?' 하는 깊은 우수에 잠기게 됩니다.

사람으로 태어난 이상 뭔가 자신도 가치를 세우고 싶은 것입니다. 남편은 일 속에서 가치를 만들어 내고 있으니 자신도 뭔가 살아가는 가치를 느끼며 생의 보람을 느끼고 싶어합니다.

이럴 경우 여성은 자신의 가치 실현이 가능한 것을 찾아야 하고 남편도 그것을 잘 이해하고 배려해야만 됩니다. 그렇지 않으면 어떻게 됩니까? 그야말로 TV 드라마와 같은 불상사가 일어날 수도 있습니다.

결혼해서 한동안은 좋았지만 남편은 일밖에 모르고 애정은 사라져 자신을 사랑해 주지 않습니다. 정말 이 사람과 결혼할 수밖에 없었는가 생각하게 되고 그럴 때 거리에서 우연히 옛날 좋아했던 사람을 만나면 "오랜만이야. 차 한잔 해요." 하면서 여러 가지 신세 타령을 합니다. 남편보다 훨씬 친절하고 다정하게 들어 주게 되면 이 사람이야말로 나의 운명적인 사람이라고 생각할지도 모릅니다. 이렇게 해서 그녀는 아내와 여자 사이에서 고민하는 내용입니다. 여성의 심리를 잘 다룬 드라마가 주부들의 마음을 끌었고, 곧 히트한 것입니다. 실행을 하고 안 하고는 별개로 '그래, 그거야' 하고 드라마의 주인공에 동감하게 됩니다.

수년 전 실낙원이란 소설이 영화화되

어 화제를 불러일으켰습니다. 영화계에서는 관객이 오랜만에 2백만 명이 넘었다고 했지만, 관객의 대부분은 중년 여성이었습니다.

최근 주부의 혼외 연애나 미니 불륜이 늘어나는 것도 사회현상의 하나입니다. 이혼까지는 하고 싶지 않지만 어쩔 수 없는 외로움을 무언가로 메우고 싶고, 사랑을 실감하고 채우고 싶다는 감정입니다. 자신을 받아 주는 다른 누구를 찾고 있는 것입니다.

얼마 전에 주부가 살해당한 사건이 있었습니다. 사건은 인터넷으로 만난 메일 친구인 남성과 사귀게 되어 이윽고 깊은 관계를 맺은 데서 시작되었습니다. 헤어지자는 여성의 말에 감정이 악화된 남성이 살해했다고 합니다. 남성은 아직 고교생으로 흔히 말하는 인터넷 불륜의 슬픈 결말이었습니다. 아내가 범한 실수이지만 책임은 일단 남편에게도 있습니다.

이런 이야기가 결코 다른 사람만의 이야기는 아닙니다. 아내를 언제까지 외롭게 내버려두면 언제 어떤 일이 일어날지 모르는 시대입니다.

또 남편이 일에 열중한 시간에 여성은 뭔가 생의 보람과 자신의 가치를 발휘하는 길을 찾아서 그 단계를 넘는 것이 현명합니다.

그러면 이런 시기를 현명하게 넘긴 세계의 많은 부인들은 도대체 어떻게 넘겼을까요. 설문조사에 의하면 세 가지 분야가 떠올랐습니다.

첫 번째는 사회 봉사 활동, 두 번째는 종교 활동, 세 번째는 취미 활동입니다. 그런 활동에 열의를 다하는 것으로 인생의 의미와 가치를 부여하고 경쟁을 통해 기쁨을 느끼면서 중년의 위기를 넘기는 것입니다. 이런 해결책을 갖지 못하면 알코올에 깊이 빠져 건강을 해치게 되고 결국 부부관계가 냉각되어 파탄에 이르는 경우가 많이 있습니다.

이것은 남성이 잘 이해해 주어야만 하는 여성의 마음의 세계입니다.

✱ 애정표현은 확실하게

애정표현 방법에 있어 서양 사람과 동양인은 상당히 다릅니다. 특히 일본인은 애정표현이 서투르다고 합니다.

대다수의 일본 남성이 사랑이란 것은 일일이 말로 표현하지 않더라도 눈으로 알면 된다는 생각을 가지고 있습니다. 일일이 말하지 않더라도 인간이라면 알 수 있다는 사고방식이 뿌리깊이 자리 잡고 있습니다.

고상함과 이심전심이 일본인의 독특한 미덕이라고 하지만 이것은 세계에서는 통용되지 않는다는 것을 저도 최근에 느끼게 되었습니다. 애정은 확실히 표현하지 않으면 상대방에게 전해지지 않는 것이고, 전해지지 않는다는 것은 상대방 입장에서는 없다는 것과 같습니다.

예를 들면 자신이 상대방을 아무리 사랑하고 있다고 하더라도 행동과 말로 표현하지 않으면 아내에게 전해지지 않습니다. 전해지지 않으면 아내는 느끼지 못하니까 없는 것과 같습니다. 애정은 서로 가지고 있는 것만으로는 부족하고 확실히 표현하지 않으면 안됩니다. 여성은 남편의 애정어린 말을 몇 번이라도 듣고 싶어하고, 확인하고 싶어합니다. 하루에도 몇 번씩 애정표현을 하시기 바랍니다.

그러면 여기서 여성 여러분께 질문하겠습니다.

첫째, 결혼식 이후 "당신을 사랑해요."라는 확실한 애정표현을 들어 본 적 있으십니까?

둘째, 최근 1년 이내에 남편으로부터 사랑한다는 말을 들은 분 있으세요?

대답은 어떻습니까.

결혼 전에는 사랑의 감정을 여러 방법으로 표현했겠지요. 그러나 결혼하고 나서는 낡은 물고기에게는 먹이를 안 준다는 말처럼 남편은 거의 애정표현을 하지 않게 됩니다. 물론 대부분의 감정은 전하겠지만 자기에게 그리 싫은 표정을 짓는 것은 아니기 때문에 밉상스럽지 않구나 하는 정도의 전달입니다.

"당신을 진정 사랑한다."

"당신의 그런 점이 좋아."

"역시 내게는 당신이 최고야."

"당신과 결혼해서 정말 좋아."

등 표현 방법에는 여러 가지가 있겠지만 이런 표현을 확실히 해주면 여성에겐 아주 큰 기쁨입니다. 그런 것은 말하지 않아도 눈만 보면 알 수 있다는 의견도 있지만 역시 말하는 것이 좋습니다. 위로나 사랑스러운 말을 걸어올 때 아내는 남편의 사랑을 강하게 느끼기 때문입니다.

그러므로 남성에게 절대로 필요한 능력은 애정표현의 능력입니다. 애정표현을 못하거나 또는 서투른 남성은 남성으로서 기본적인 매력 한가지가 없다고 말할 수 있겠죠. 즉 여성을 기쁘게 해줄 수 없고 가슴깊이 만족시킬 수가 없는 것입니다. 성생활 면에서 충분히 만족시키면 된다고 생각할지 모르지만 여성은 그것만으로 만족하지 않습니다.

신뢰와 칭찬

세상의 남성이 간절히 바라는 것이 있습니다. 그것은 칭찬입니다.

아내가 자신을 신뢰하고 그 가치를 인정해 주며 열심히 노력한 것에 대해 칭찬과 격려를 해준다면 남성은 아내의 사랑을 느낍니다. 그러면 남편은 아내와 아이를 위해 더욱더 열심히 노력해야겠다는 용기가 생깁니다. 자신을 존경하고 감사하며 칭찬해 주는 아내를 정말 소중하고 필요한 사람이라고 느낍니다. 같이 있고 싶고 몹시 귀엽다고 생각합니다. 자신의 가치를 인정해 주고 칭찬해 주지 않는 아내와는 몇십 년을 같이 살았다 해도 남편은 별다른 애정을 느끼지 못합니다.

세상의 모든 인간이 가장 바라는 두 가지의 욕구가 있습니다. 어떤 나라, 어떤 인간이라도 근본적으로 바라는 것은 사랑 받고 싶은 욕구와 칭찬 받고 싶은 욕망입니다. 어린 아기도 그렇고 80세 할아버지, 할머니도 마찬가지입니다. 동물에게도 같은 욕구가 있습니다.

그렇게 때문에 행복이란 것은 이 두 가지 욕구가 충족되었을 때 느끼는 감정입니다. 주위 사람과 가족에게 사랑 받고 있다는 느낌과 자신을 평가하고 가치를 인정해 주며 칭찬해 줄 때 행복하다고 느끼는 것입니다.

반대로 불행은 이 두 가지가 충족되지 못한 상태에서 오는 감정입니다. 누구에게도 사랑 받지 못하고 거부당하며 아무도 자신을 인정해 주지 않고 칭찬해 주는 사람이 없으면 불행하다고 느끼는 것입니다. 사랑 받고 싶고 칭찬 받고 싶다는 감정은 모든 사람이 가지고 있는 것입니다.

하지만 세상은 슬프게도 수요와 공급이 전혀 맞지 않습니다. 모두가 사랑과 칭찬을 필요로 하고 간절히 바라는데도 그것을 주는 사람이 많지 않은 것입니다. 사람의 장점을 평가하고 칭찬하는 데 능숙한 사람은 모든 사람이 좋아하게 됩니다. 그와 사귀는 것이 즐겁고 그 사람과 함께 있고 싶어합니다.

만약 집에 있는 아내보다 귀가 도중에 들른 포장마차 아줌마가 그런 쪽에 능숙하면 그쪽에 있는 시간이 더

즐겁게 되는 것입니다.

어떤 중년 남성의 고백입니다만 아내가 결혼 이후 한번도 자신을 칭찬해 준 적이 없고 무슨 일할 때마다 헐뜯기 때문에 함께하는 시간이 아주 재미없다고 했습니다.

결혼 전에는 사이가 좋았던 두 사람이 결혼 후에 갈등하는 경우가 많은데, 결국은 이런 문제가 원인이 되는 경우가 많습니다.

결혼하고 나면 아내가 남편의 사랑을 간절히 소망해도 남편은 무관심하고, 또 남편이 아내로부터 칭찬의 말을 간절히 바라는데도 인색하게 칭찬 한마디 없다면 서로 불만과 불신만 쌓일 뿐입니다.

그렇기 때문에 서로 소망하는 것을 주면 됩니다.

남녀 모두는 사랑과 칭찬을 서로 바라면서도 여기에는 남성과 여성의 미묘한 차이가 있습니다.

남성에게는 특히 칭찬이 필요하고 또 그만큼 효력이 있습니다.

여성에게는 사랑이 보다 더 필요하고 절실히 그것을

원합니다.

　따라서 아내는 남편의 장점을 칭찬해 주는 능력을 높이고 남편은 아내에게 애정표현을 하는 능력을 닦는 것이 부부가 원만히 살아갈 수 있는 비결입니다.

3

자주 범하기 쉬운 실수

----

1) 남편의 행동을 뜯어고치려 한다

이런 점이 싫으니까 남편에게 고쳐달라고 말하면 알았다고 들어 주는 사람은 거의 없습니다.

남편은 감정적으로 반발하고 관계가 험악해지는 경우가 많습니다.

2) 남편이 원하지 않는 충고를 한다

남편이 어떻게 하면 좋겠냐고 충고를 구할 때에 "이렇게 하면 좋지 않아?"라고 대답하면 "그런가." 하고 받아 줍니다. 하지만 아내가 신경 써줄 요량으로 가르치고 충고하면 남편은 벌컥 화난 얼굴로 받아들이지 않습니다. "이 사람, 정말 솔직하지 않아."라고 말하는 부인도 있겠지만 그것은 남성이 원하지 않는 충고인 것입니다. 남성에게는 듣기 싫은 잔소리처럼 들리고 자존심이 상할 수가 있습니다.

3) 남편의 있는 그대로를 받아들이지 않는다

남편의 있는 그대로를 받아들이는 것이 우선 중요합니다.

부부가 원만한 관계를 유지하기 위한 기본적인 스타트라인이 뭔가 하면, 지금 그대로의 당신으로 좋다는 것입니다.

"아니 그렇지 않아, 지금 그대로의 당신은 너무 싫어." 하는 감정이 태산과 같을지 모르지만 우선 무조건적으로 받아들이는 것입니다. 그처럼 받아들이는 자세가 되면 비로소 남편이 편안하게 느껴지는 것입니다.

집에 돌아와 얼굴을 마주볼 때마다 남편에게 이런 저런 점을 미주알고주알 늘어놓고 어떤 게 맘에 안 든다고 푸념만 하는 아내가 있습니다. 남편은 그런 아내와 함께 살고 싶을까요? 살고 싶지 않습니다. 그렇기 때문에 점점 귀가가 늦어지고 토요일, 일요일에도 허겁지겁 뛰쳐나가게 됩니다. 무슨 일로 나가느냐고 물을지 모르지만 사실은 아내가 쫓아내는 것입니다.

4) 남편이 하는 것에 감사하지 않고 불평만 한다

이것은 일상생활에서 흔히 보는 여성의 실수입니다. 예를 들면 일요일에 쇼핑을 한다고 가정합시다. 가재도구나 조금 무거운 물건을 살 때는 남편과 같이 가고 싶겠죠. 우선 운전을 부탁하면 남편은 오늘 하루 정도는 해주겠다는 기분으로 운전해 줍니다.

그러면 여성 여러분은 감사의 말을 합니까? 당연한 것이라고 생각할지 모르지만 해야 됩니다. 정말 고맙고 감사하다고 말하면 남편은 정말 기뻐할 것입니다.

　백화점에서 조립식 장을 사서 집으로 가지고 돌아온다고 가정했을 때 당연히 무거운 물건은 남성이 들어야 한다고 생각하는 여성이 많습니다. 남성도 당연히 이것은 자신이 들어야 한다고 생각하기 때문에 떳떳하게 자신이 듭니다. 하지만 부인은 당연지사라고 생각하기 때문에 한마디 사례의 말도 없습니다. 그리고 나서 집에 도착하여 아파트 현관문을 열고 들어가려는데 '쿵' 하고 콘크리트 벽에 부딪히고 말았습니다. 찰나, 부인이 돌아보며,

　　"당신 뭐하는 거예욧! 막 샀는데 망가지잖아요!"

라고 말하면 남편은 설 곳이 없어집니다.

　아직 운반해준 사례도 안 받았다고 말하고 싶어지는 거죠.

　말로는 도저히 여성을 이길 수가 없으므로 남편은 하나하나 대꾸하지 않고 벌컥 화를 내며 허둥지둥 나가버

리고 맙니다.

남성이 해준 것을 당연하다고 생각하지 말고 이제부터는 감사하는 마음을 가져보세요. 들어가려 할 때 문을 열어 주면 남편은 고맙다고 한마디 합니다. 집안으로 들어가서는 "정말 고마워요. 무거웠죠, 당신이 같이 가주셔서 다행이에요."라고 말하면 남편은 우쭐해서 "언제든지 말해, 도와줄 테니까." 하고 흐뭇해합니다. 그와 반대로 사례 한마디 없이 핀잔만 주면 다시는 해주나 봐라 하는 기분이 되는 것이 당연합니다.

5) 아이에게 하는 것처럼 남편을 꾸짖고 지시한다

어머니는 아이를 꾸짖는 것에 익숙해져 있기 때문에 같은 말투로 남편을 꾸짖기 쉽습니다. 그러나 남편은 아이와는 입장이 다르므로 아주 조심해야 됩니다.

6) 남편이 뭔가를 주도적으로 결정한 사항에 대해 비판한다

아내는 가정에서의 남편의 주도권을 인정해야 되고 가정의 최종적인 책임은 아버지라고 인정해 주지 않으면 안 됩니다. 현명한 부인은 가정의 대부분을 의논하여 자신의 의도대로 처리하더라도 최종 결정권은 남편에게 묻습니다.

"가족 모두의 의견은 이러한데 당신 의견은 어때요?"

하고 가장의 입지를 세워 줍니다.

그러면 남편은 "음— 그럼 그리합시다." 또는 "모두가 그렇다면 어쩔 수 없지."라고 말하게 되어 의견일치가 됩니다. 남성의 자존심도 상하지 않고 권위도 세워졌기 때문에 자녀 교육에도 좋습니다. 집안에서 제일 높은 사람은 아버지라는 기준이 확실히 서게 됩니다.

그것을 전혀 인정하지 않고 자녀 앞에서도 격론을 벌이며 가정 일은 내가 제일 많이 안다는 식으로 주도권 싸움을 하는 주부도 있습니다. 그런 가정은 가장의 권위가 상실되어 가족 꼴이 형편없게 되고 자녀에게 좋은 아버지상, 어머니상을 보여 주지 못하게 됩니다.

7) "그래서 내가 그랬지."라고 말한다

오늘은 오랜만에 가족과 함께 드라이브를 합니다. 그런데 즐거워야 할 드라이브가 차 안에서부터 사건이 일어나 엉망이 된 적은 없습니까? 사소한 것이 말다툼이 되어 관계가 험악해지고 드라이브할 기분이 없어지고 맙니다.

대개 아버지가 핸들을 잡고 부인은 옆자리에 앉고 자녀들은 뒷자석에 앉습니다.

운전은 모두 남편에게 맡기면 되지만, 자신도 운전을 할 줄 아는 아내는 가만히 있질 못하는 경우가 많습니다.

"아냐, 그쪽이 아니고 이쪽이야."
"당신, 빨간불이야 빨간불!"
"급브레이크는 안 돼!"

라고 말이 많습니다. 남편은 안절부절못하며 화를 내게 됩니다. 원치도 않은 충고는 너무 많이 하지 않도록 주의합시다.

어떤 가정에서 일어난 일입니다. 모임이 있어 부부가 차를 몰고 가게 되었습니다.

아내 "빨리 갑시다, 한 시까지니까 서둘러요."

이윽고 갈림길에 도착했습니다.

아내 "왼쪽이야."
남편 "아냐, 오른쪽이 더 나아."
아내 "그렇지 않아, 왼쪽이 나아."
남편 "안 그래, 이쪽이 빠른 길이야, 내게 맡겨둬."

그래서 오른쪽으로 갔는데 도중에 공사중이어서 30분 늦게 도착하게 되었습니다.

아내 "그래서 내가 말했잖아!!"
남편 "뭐야, 당신 맘대로 운전해. 다시는 내게 부탁만 해봐라!"

이런 경험 없었나요. 결정적인 그 한마디를 내뱉으면 남편은 미안하다고 말합니까? 남편은 아주 자존심이 상해서 큰 싸움이 되고 맙니다.

이럴 경우 아내는 "그래, 내가 말했잖아."라는 말은 금물입니다.

✳ 남편이 실수하기 쉬운 것

1) 아내 말에 귀를 기울이지 않는다

남편이 듣는다고는 하나 엉뚱한 곳을 바라보면 아내는 남편이 자신의 말을 진지하게 듣지 않는다는 것을 감지하게 되며 자신에게 관심이 없다고 생각합니다.

2) 아내의 푸념을 듣고 바로 화를 낸다

남편이 집에 돌아오면 이야깃거리가 쌓인 아내는,

"시댁에 가니까 이랬었어."

"친척 ○○가 이래요."

하고 푸념조로 말을 겁니다. 남편은 일 때문에 스트레스를 받고 돌아왔는데도 오자마자 푸념을 늘어놓습니다. 그러면 남편 벌컥 화를 내며,

"시끄러워 피곤해."

하고 고함을 칩니다. 아내는 왜 끝까지 듣지 않고 화를 내냐고 불만입니다.

3) 아내의 말에 동정하지 않고 곧바로 충고한다

여성은 단지 자신의 기분을 이해해 주기를 바랍니다. 그러나 남성의 경우 말은 용건 있을 때만 하는 거라고 생각하기 때문에 아내가 말을 걸면 뭔가 상담하고 충고를 바란다고 생각합니다. 또는 뭔가 고민이 있어 해결책을 구한다고 생각하

고 맙니다. 그래서 마지막까지 듣지 않고,

"말하자면 이런 것이지, 그렇다면 설명해 주지."
"그건 당신이 이상해, 이렇게 해야 돼."

라고 바로 충고하며 결론을 지어버리고 이야기를 도중
에 끊어버립니다. 그러면 여성은,

"그런 것을 묻는 게 아냐, 끝까지 들어줘."

하고 바랍니다. 그렇기 때문에 바로 화내지 말고 하여
간 끝까지 들어 주기 바랍니다.

"아 — 그래, 너무한데, 힘들었지."

하고 공감해 주고 동정해 주면 아내는 기뻐합
니다.

4) 일이나 아이만 우선시하고 아내의 욕구를 가볍게 여긴다

이것도 남성이 저지르기 쉬운 실수입니다. 남성은 아무래도 일에 큰 비중을 둡니다. 그래서 집에 돌아와서도 일이 머리에서 떠나지 않고, 무엇을 하더라도 아내보다는 아이에게 서비스를 우선합니다. 이런 식으로 아내의 감정이나 욕구를 무시하게 되면 어쩔 수 없이 아내는 욕구불만으로 감정을 억누르지 못하고 드디어 화산이 폭발하게 됩니다.

5) 이야기를 듣고 아무 반응이 없다

아내가 남편에게 열심히 이야기했는데도 아무런 반응이 없으면 알았는지 모르는지 아무것도 모릅니다. 이렇게 되면 아내는 개운치 못하고 계속 불만이 쌓입니다. 이럴 때는 반드시 한마디 해주세요.

"그래, 당신 힘들었지."

"당신 기분은 이해하지만 저쪽도 사정이 있었겠지."

라고 한마디 해주면 묘하게 납득하게 됩니다. 사정을 받아 주었다는 것 때문에 납득이 가능한 것입니다.

6) 당신 말은 조리가 없다

아내가 감정적으로 말하면 남편은 안절부절 못하고 바로,

"당신 말은 전혀 조리가 없어."

라고 말합니다. 남편은 논리적으로 판단하기 때문에,

"당신, 조금 전의 말과 지금 이야기는 다르잖아."

하고 반문하게 되면 아내는 더욱 횡설수설 합니다. 다시 말하면 조리가 있느냐 없느냐가 아니고 아내가 감정적인 경우는 말끝마다 어떤 기분으로 남편에게 호소하고 싶은가, 어떤 점을 이해해 주기 바라는가 그런 관점에서 받아들이는 편이 좋습니다. 공감해 주지 않으면 해줄 때까지 이야기가 계속됩니다. 그렇기 때문에 빨리 끝내기 바란다면 빨리 공감해 주십시오.

4

상대방이 기뻐하는 태도

 남편이 이렇게 해주면 아내는 기쁘다
- -

그러면 어떤 태도에 남편이나 아내가 기뻐할까요.

1) 집에 돌아오면 우선 아내를 찾아 말을 건다

남편은 집에 돌아오면 우선 아내를 찾고 다녀왔다고
말을 겁니다. 그리고 가능하면 아내를 가볍게 포옹해

줍니다.

여성은 이런 남편과 사는 게 꿈입니다. 결혼할 때는 그런 부부관계를 꿈꾸었죠. 이런 것은 아메리카의 영화 속의 이야기로 동양에서는 무리라고 생각하는 사람이 많지만, 사실은 여성 본심에는 그렇게 해주었으면 하는 욕구가 있습니다. 어떤 여성이라도 역시 로맨틱한 애정 표현을 기대하는 것입니다.

2) 아내의 하루 생활에 관심을 갖는다

"그래, 아침에 말했지. 병원은 갔어?"
"아줌마 건강은 괜찮아?"

라고 몇 번이고 묻습니다. 그러면 아내는 '아 ― 남편은 내 말을 기억하고 있었구나' 생각하며 애정을 느끼고 기뻐합니다.

3) 하루에 최소 20분 이상은 아내의 이야기를 듣는다

남편은 아무리 바빠도 적어도 하루 20분간은 아내 이야기를 들어 줍니다. 더 좋은 것은 그냥 묵묵히 듣지만 말고 적절하게 질문도 하고 그리고 말이 끝나면 한마디 합니다. 이것은 진지하게 이야기를 들어 주었다는 확인이 되고 여성은 매우 기뻐할 것입니다.

아무 말도 없이 듣기만 하는 것보다 도중에,

"그래, 그 사람은 뭐래?"

라고 질문하면 잘 듣고 있다고 느끼는 것입니다.

4) 듣고 공감해 준다

남편이 듣고 나서 "그랬어. 당신도 힘들었지." 등으로 동정해 주면 아내는 정말 기뻐합니다.

5) 아내가 이야기할 때는 열심히 듣는다

신문이나 TV를 보면서 아내 이야기를 듣습니다.

"당신, 듣고 있어?"

"응."

"거짓말, 계속 듣고 있지 않았으면서."

"아냐, 그렇지 않아."

이런 식의 대화는 없었습니까?

이런 경우 잘 듣고 있다는 말은 거짓이겠죠. 대개 남자는 한번에 한가지밖에 할 수 없기 때문입니다. 물론 그래도 들어 주지 않는 것보다는 낫지만 아내가 보기에는 역시 기쁘지 않습니다. 아내가 말을 걸었을 때는 신문은 놓고 TV도 끄고 잘 들읍시다.

6) 하루에도 몇 번씩 애정표현을 한다

지방에서 강연한 후에 간담회에서 한 부인이 말했습니다.

"선생님 말씀은 지당합니다. 우리 남편은 정말 재주가 없고 애정표현을 거의 안 합니다."

그래서 어느 날 농담 섞인 말로 남편에게 물었다고
합니다.

"당신, 가끔 사랑한다는 말 한마디 해 주면 안 돼요?"

그러자 남편은 정색을 하며,

"재작년에 말해 주었잖아."

하고 말했다고 합니다.

더이상 맥이 풀려서 말할 기운도 없어졌다고 그 부인
은 투덜거렸습니다.

남편이 말해 주었다는 것만으로는 여성이 결코 만족
할 수 없습니다. 작년에도 올해도 이번 달도 이번 주도
오늘 밤도 몇 번이고 애정표현을 원하는 것이 여성의
본심입니다. 여기에는 남성의 사고와 상당한 감각의 차
이가 있습니다.

7) 아내에게 위로의 말을 건네다

자신은 가족을 위해 밖에서 열심히 일하기 때문에 아내는 집에서 가사를 하고 자녀를 돌보는 것은 당연하다고 생각하는 남성이 많습니다. 확실히 그것은 결혼생활에 있어서 부부의 기본적인 역할분담입니다. 그러나 가사나 자녀교육에 협력하지 않는 것에 대해서 불만을 갖는 여성이 압도적으로 많습니다.

부인들과 개별상담을 해보면,

남편이 육아나 자녀 교육에 협력해주지 않는다
가사에 전혀 협력해 주지 않는다

라는 불만을 갖고 있는 사람이 많습니다.

그렇기 때문에 남편은 일이 힘들지만 조금만이라도 협력해 주는 편이 좋다고 생각합니다.

저의 경우 전에 아내가 아픈 적이 있기 때문에 쉽게 피곤해 하며 직업도 가지고 있어 부엌에 설거지 할 그릇이 산처럼 쌓인 경우가 있습니다. 그러면 저는 아내가 피곤하다고 생각하고 식기를 세척하여 식기 건조기에 정리해준 적이 있습니다. 또는 세탁물을 세탁한 채로 그냥 놓아두면 제가 베란다에 걸어 말립니다. 아내가 밖에서 돌아와 부엌을 보고 "여보, 고마워요." 하며 기뻐해줍니다. 조그만 것이라도 도와주면 마음이 전해집니다. 그렇게까지 못 하더라도 최소한,

"아이 때문에 힘들지."
"항상 늦게까지 힘들지."

라는 위로의 한마디에 기뻐하고 애정을 느끼게 됩니다.

도와 주지 않아도 최소한 생각만은 가지고 있다는 것이 전해집니다. 하지만 그런 위로 한마디 없이 손가락 하나 꼼짝하지 않으려고 하면 '이 사람, 동정심이 조금이라도 있는 사람이야?'라고 생각하게 됩니다.

아내가 이렇게 해주면 남편은 기쁘다

1) 실수할 때 걱정할 필요 없다고 말해준다

앞에서 이야기한 것처럼 남성이 뭔가를 실수할 때,

"뭐해요 당신?"
"그래서 내가 말했잖아."

라고 말할 때 가장 크게 상처를 받습니다. 걱정할 필요 없다고 말해 주는 아내가 가장 훌륭한 아내입니다. 남성이 여성에게 바라는 첫 번째 요소는 부드러움입니다.

2) 남편의 결점을 무리하게 바꾸려고 하지 않는다

남편의 단점을 발견하였다 하여도 무리하게 바꾸려 하지 않고 우선 있는 그대로의 남편을 받아들인다면 남편은 가정을 편안하게 느낍니다.

3) 항상 남편에게 감사한다

　남편의 존재 가치를 인정하고 일에 열중하는 남편에게도 감사의 말을 해주는 아내는 정말 훌륭합니다. 특히 월급봉투를 건네줄 때 아내는 어떻게 받습니까.

　남편이 월급봉투를 아무렇지 않게 건네 줄 때 아내가 수고했다는 한마디로 인사를 끝내면 서운해합니다. 월급봉투에는 남편이 가정에 대한 사랑과 노력의 땀이 맺혀 있다는 것을 잊어서는 안 됩니다. 정말 감사해야 합니다.

　"당신이 있어 늘 든든해요."

　"고마워요."

　"당신이 열심히 일한 덕분에 우리들은 안심하고 생활하며 행복해요."

라고 확실히 말합시다.

　남편이 하는 일에 대한 가치를 인정하고 의지하며 감사를 전하면 남편은 매우 기쁘고 보람을 느낍니다.

4) 남편을 올바르게 세워줍니다

실제로 대부분의 가정사는 아내를 위주로 돌아가는 경우가 많습니다. 그러나 적어도 우리 가정의 중심은 누구라는 것을 자녀에게 확실히 가르쳐야 됩니다. 그렇지 않으면 남자아이들은 이상적인 어머니상을 볼 수가 없고 여자아이들은 이상적인 어머니상을 보지 못한 채 성장하게 됩니다. 어른이 되면 자립을 못하거나 결혼한 후에도 올바른 아버지 어머니 입장에 서지 못하는 경우가 발생합니다.

최고재판의 부속기관 보고서와 같이 최근 살인사건을 저지른 흉악범 소년이 자란 가정은 모두 부부사이가 좋지 않고 아버지가 영향력을 갖지 못한 가정이거나 반대로 가정폭력을 휘두른 가정이었습니다.

고리타분한 남존여비를 주장하는 것이 아닙니다. 그러나 마지막엔 남편을 꼭 세우고 아버지를 중심으로 결집되는 자세가 올바른 가정 형성을 위해 중요한 요소입니다.

5) 아이처럼 어리광을 부린다

여성은 의외라고 생각할지 모르지만 남성이 바라는 이상적인 아내는 용모가 수려하거나 지적이며 똑똑한 사람만은 아닙니다. 아무리 훌륭한 아내라도 강하고 훌륭한 것만으로는 존경의 대상이 되긴 하지만 애정의 대상은 안 됩니다. 함께 있어도 답답하고 박물관에 기증하고 싶은 기분일지도 모릅니다. 또는 여행을 떠나 방랑자라도 되고 싶을지도 모릅니다.

남성 입장에서 생각하는 매력적인 여성의 조건 하나는 아이처럼 어리광 부리며 애교가 있는 여성입니다. 다시 말하면 소녀와 같은 장난기나 애교 있는 귀여운 모습이 보일 때 사랑스러워집니다.

귀여운 여성이란 나이와는 상관이 없습니다. 100살이 넘은 일본의 장수 쌍둥이 자매가 그만큼 인기 있는 비결은 쌍둥이에 100살이 넘는 나이라는 조건만이 아닌, 그녀들만의 표현할 수 없는 장난기 때문입니다. 100살이 넘었어도 장난기가 있는 사람은 매력적인 여성입니다.

또 하나의 예를 들겠습니다. 어느 날 부부가 이야기 도중에 험악한 관계가 되어 남편이 핏대를 세우며 이야기를 합니다. 그때 남편의 말을 어른 대 어른으로 받아들이며 똑같이 부인이 화를 내면 정면충돌합니다.

하지만 남편이 벌컥 화를 내며 소리지를 때 부인이 순간 눈을 크게 뜨고 고개를 움츠리며,

"우와! 무서워!"

하고 허풍을 떨거나 또는,

"싫어—!"

하고 발을 동동 구르면 어떨까요. 남편은 털썩 힘이 빠집니다. 그런 동작이 남성에게는 사랑스러운 몸짓으로 보입니다. 그래서 남편 자신도 어른답지 못했다고 생각하며 자신을 되돌아보게 되는 것입니다.

아이들이 잘하죠. 픽 화를 내며 아래 눈꺼풀을 까며

빨간 눈동자를 보이며 허풍을 떱니다. 그런 소녀와 같
은 몸짓을 잘하는 여성이 있습니다. 그런 아내는 몹시
귀여우며, 부부가 험악해지려 할 때에도 싱긋 웃어버리
는 그런 표현도 필요합니다. 남성은 그런 아내에게 매
력을 느낍니다. 항상 묵직하게 가라앉아 농담도 하지
않으며 사회적으로나 집안의 엄마로서도 나무랄 데가
없어도 귀여운 면이 없다면, 남편과의 사이는 더욱 건
조해지게 마련입니다.

6) 진심으로 믿고 의지한다

　항상 진심으로 남편을 믿고 의지하고 있다는 마음을
을 행동이나 말로 표현하는 아내는 남편이 보면 한없이
귀엽습니다.

　말할 필요도 없이 남성과 여성의 인간으로의 가치는
아주 동등하고 권리도 완전히 평등해야 됩니다. 그러나
남성과 여성에게는 그 능력이나 성격에서 확실한 특성
이 있는 것이 사실입니다. 결혼해서 이상적인 가정생활
을 유지하기 위해서는 서로의 능력적인 특성을 존중하

는 것이 꼭 필요합니다.

　남성의 본능적으로 약자를 지켜주고 싶고 자신을 의
지하고 필요로 하는 사람을 위해서 뭔가를 해주고 싶은
특성이 있습니다. 이것은 남성의 본능이고 생의 보람입
니다. 그렇기 때문에 강한 것보다 약한 것을, 큰 것보다
귀여운 것에 애정을 보이게 됩니다.

　일반적으로 결혼할 때 자신보다 체격이 큰 아내를 추
구하는 남성은 거의 없습니다. 자신보다 1센티라도 작
은 여성을 구합니다. 매일 아내를 올려다보면서 생활하
고픈 남성은 없습니다. 일반적으로 큰 것보다 작은 쪽
을 사랑하기 쉽습니다.

그렇다고 몸이 크면 귀엽지 않다는 것은 아닙니다. 몸

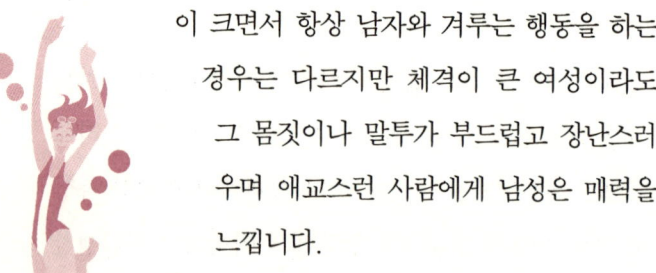

이 크면서 항상 남자와 겨루는 행동을 하는
경우는 다르지만 체격이 큰 여성이라도
그 몸짓이나 말투가 부드럽고 장난스러
우며 애교스런 사람에게 남성은 매력을
느낍니다.

7) 남편의 노력을 칭찬한다

매사에 남편의 좋은 점이나 남자다움을 칭찬해 주는 부인이 최고입니다. 사랑할 수밖에 없겠죠. 이미 설명한 것처럼 누구나 사랑 받고 칭찬 받기를 원하지만, 특히 남편에게 감사하고 칭찬해 줄 때 남편은 가장 기뻐하며 생의 보람을 느낍니다.

5

마지막으로

남녀의 성격이나 특징, 심리적 또는 생리적 차이 그리고 사물을 받아들이는 방법, 느낌, 대응 방법까지 얼마나 다른가를 자세히 설명했습니다.

*가정과 일 어느 쪽이 소중한가?

인간에게는 감성적인 분야와 능력의 분야가 있는데 그것은 각각 가정과 일입니다. 우리 인생에서 정말 행복을 느끼려 한다면 반드시 이 두 가지 면에서 성공해야만 합니다. 재능을 발휘하고 자신의 뛰어난 자질을 활용하여 성공하게 되면 좋은 평가를 받고 칭찬을 받습니다. 그렇기 때문에 사람들은 필사적으로 성공을 추구합니다.

그러나 예를 들어 어떤 사업에서 역사에 남을 공적을 세웠다고 하더라도 만약 그의 가정이 부부관계나 부자관계가 냉각되고 분열된 상태라면 그 사람은 외롭고 비참한 말년을 보내게 됩니다. 또 일에서도 성공하고 가정에서도 부부, 부자, 형제자매 간의 관계가 좋아 가정이 화목하면 인생의 최후를 기쁨속에서 행복하게 지내게 됩니다.

가정이란 그만큼 중요하고, 가정을 잘 꾸리는 것을 일대 사업으로 여겨 성공하려는 가치관이야말로 더욱 필요한 것이 아닐까요.

　그와 같은 이상적인 가정을 형성하기 위한 가장 근본적인 토대는 부부관계입니다. 부부가 정말 깊은 애정으로 맺어지고 좋은 관계를 유지할 수 있다면 부자관계나 자녀들의 우애도 반드시 원만해지게 됩니다.

　그럴 때 부부관계를 개선하고 이상적인 관계를 유지하기 위해서는 어떤 대가도 아깝지가 않습니다. 만약 우리가 업무상의 어려움을 극복하기 위해 지불하는 노력의 절반이라도 부부관계를 위해 쏟을 마음이 있다면 아무리 험악한 부부 관계라도 꼭 개선될 수 있다고 생각합니다.

　이처럼 소중한 부부관계가 파탄되어 가는 큰 원인 중 하나는 서로간의 이해 부족, 즉 남녀간의 기본적인 차이를 이해하지 못한 데서 생깁니다. 우리가 지금까지 배운 것처럼 남성과 여성의 차이를 잘 이해하고 존중하면서 상대방이 추구하는 것을 부여하고 사랑하며 노력한다면 서로의 훌륭함을 재발견하게 되고 지금까지 없었던 새로운 부부의 행복이 열릴 것입니다.

✳ 우선 누구보다 아내를 사랑하자

요즘은 아이와 부모관계가 어려워지고 있습니다. 2001년에 발표한 최고가정재판소 조사관연구소의 조사 보고서에 따르면 살인과 흉악범죄를 저지른 열 명의 소년을 치밀하게 추적 연구한 결과 모든 소년들의 공통점은 가족과의 애정관계가 복잡하다는 점입니다. 특히 아버지와의 관계가 원만치 못한다는 사실이었습니다. 그 근본 원인은 부부관계가 원만치 못한 것에서 비롯됩니다. 그들 아버지는 아내의 행동에 감정을 억누르지 못하여 아내나 아이에게 폭력을 휘두르거나 또는 아이의 자존심을 무시한 상태가 얼마간 있었다고 합니다.

가정을 이루어 자녀들이 얼마나 훌륭하게 성장하는 아이들이 아버지를 얼마나 좋아하는가에 달려있습니다. 아내나 아이가 아버지를 좋아하고 존경하면 괜찮습니다. 반드시 그 자녀들은 똑바로 성장할 것입니다. 왜냐하면 아이가 아버지에 대한 정은 사실 어린시절 어머니가 아버지를 어떻게 생각하느냐에 따라서 반영되고 결정됩니다. 어머니가 아버지를 그리워하고 존경하면 그 언행과 감정의 파동은 그대로 자녀들에게 흡수됩니다. 어머니가 아버지와 갈등하고 혐오스러워하면 자녀들도 언젠가 아버지를 싫어하게 됩니다.

남편은 아내와의 관계가 냉각된 채 아무리 아이를 귀여워해도 자녀의 마음이 진심으로 열리지는 않습니다. 거기에는 어머니의 영향력이 큽니다. 특히 유아기는 대부분의 시간을 어머니와 함께 보내기 때문에 어머니가 아버지를 사랑하는 것에 크게 영향을 받습니다. 그래서 결국 아버지는 아이를 사랑하는 것 이상으로 아내를 사랑하고, 아내도 아이가 아버지를 좋아하도록 해주는 것이 아주 중요합니다.

물론 아내에게도 큰 책임이 있습니다. 요즘 여성은 너무 강해서 남성과 대결하고 부드러움과 겸허함을 잃어가고 있습니다. 그렇기 때문에 남성들이 사랑하기 어려운 대상이 되어가고 있습니다. 여성의 교만한 언행을 접하면 상당한 혐오감을 느끼고 애정이 점점 식어가기 때문입니다. 그래서 남성이 보면 사랑하고 싶어지도록 여성다운 부드러움을 얼마나 갖추느냐가 여성에게는 매우 중요한 과제입니다.

미래에는 역시 남성이 사랑의 출발점입니다. 남편이 아내를 사랑하면 아내가 아이를 더욱더 사랑하게 되고 그러면 아이들은 부모를 그리워하고 사랑하게 됩니다. 또 형제자매도 사랑하게 되며 이런 사랑의 회전운동이 시작됩니다.

결국 가정이라는 기관이 부부의 사랑, 부자의 사랑, 형제자매의 사랑이라는 모든 형태로 풀 회전을 시작하는 최초의 원동력으로서, 남편이 중심이 되어 사랑의 토대를 마련하는 게 가장 이상적인 것이라는 것을 알 수 있습니다.

"음 — 남자는 괴로워!"

하지만 어쩔 수 없습니다. 부인이 그리워하는 남편이 되고 싶다면 확실한 사랑 이외는 없다는 걸 명심하세요.

 사랑의 편지

　마지막으로 사랑의 편지입니다. 끝부분에 사랑의 한 마디 메모란을 준비해 놓았으니 오늘 꼭 써봅시다. 서로 얼굴 마주 보고 그동안 표현하지 못했던 자신의 감정을 문장으로 표현해봅시다. 미안했던 것은 미안하다고, 고마웠던 것은 고맙다고 솔직하게 써봅시다. 그리고 반려자로서의 마음속에 있는 사랑을 말로 한 문장이라도 표현해봅시다. 이것을 내일 아침 출근할 때에 서로 전해주세요. 그날부터 새로운 뭔가가 틀림없이 시작될 것입니다.

사랑의 편지

사랑의 편지

사랑의 편지

자,

사랑의 편지를 주고받아 보신

결과가 어떠신가요?

우리 부부는 서로를 얼마나 알고 있는지,

얼마나 서로를 사랑하고 있는지

문제는 무엇인지

생각하는 시간을 가져보세요.

가정을 지키는 것은

부부의 노력에 달렸습니다.

남편은 아내의 단점을 이해해 주고

아내는 남편의 어려움이 무엇인지 함께 고민하고

그렇게 한 발 한 발 노력하다 보면

행복한 가정, 애틋한 부부애를 발견하실 겁니다.

독자 여러분, 행복하십시오.

칭찬 받고 싶은 남편, 사랑 받고 싶은 아내

초판 인쇄 | 2004년 7월 10일

초판 발행 | 2004년 7월 15일

지은이 | 마츠모토 유지

옮긴이 | 박양원

펴낸이 | 임종관

펴낸곳 | 미래북

표지디자인 | 강희연

본문디자인 | 김성엽

주   소 | 서울특별시 용산구 효창동 5번지 421호

전   화 | (02)738-1227

팩   스 | (02)738-1228

이메일 | miraebook@hotmail.net

신고번호 | 제302-2003-00026호

ISBN 89-954243-4-6 03810

책값은 뒤표지에 있습니다.

잘못 만들어진 책은 바꾸어 드립니다.